"海岸线"美文典藏

流淌的 月亮河

陈浩志

著

海峡出版发行集团｜海峡文艺出版社

图书在版编目(CIP)数据

流淌的月亮河/陈浩志著. — 福州:海峡文艺出
版社,2025.6
("海岸线"美文典藏)
ISBN 978-7-5550-3786-6

Ⅰ.Ⅰ267

中国国家版本馆 CIP 数据核字第 2024MT0704 号

流淌的月亮河

陈浩志　著

出　版　人　林　滨
责任编辑　朱墨山　林　颖
出版发行　海峡文艺出版社
经　　销　福建新华发行(集团)有限责任公司
社　　址　福州市东水路 76 号 14 层
发 行 部　0591—87536797
印　　刷　福州德安彩色印刷有限公司
厂　　址　福州市金山工业区浦上标准厂房 B 区 42 幢
开　　本　787 毫米×1092 毫米　1/16
字　　数　140 千字
印　　张　9.5
版　　次　2025 年 6 月第 1 版
印　　次　2025 年 6 月第 1 次印刷
书　　号　ISBN 978-7-5550-3786-6
定　　价　68.00 元

如发现印装质量问题,请寄承印厂调换

桃花源里可耕田

（再版代序）

周安林

　　浩志兄散文集《流淌在我心中的月亮河》① 出版，嘱我一读，且断言读后必有所感。时值新春佳节，略有余闲，一气将集子读完，久已厌倦了酒的我，陡然间生出了一醉方休的欲望——浩志的散文将我带进了一个久违的世界——这里没有喧嚣，没有嘈杂，没有纷争，一切都是那样的平静、和谐、自然，让人沉醉，让人遐想！

　　集子选录浩志近十年散文佳作三十三篇，大多是抒写曼妙的田园风光和迷人的自然美景，表达作者"怀念回响着牧歌的乡村童年"和"追寻那笼着洁净月光的心灵和大自然"的情怀。开篇的《故园三题》一下子就吸引了我。作者从"晌午的印象"写到"傍晚的村庄"再到"黎明的感觉"，全是乡村再普通、再朴实不过的日常生活场景。其实这些生活场景，我们并不陌生。而我惊诧于这些平淡无奇日常生活，一经作者点染，便充满了魅力，成为一幅幅洋溢着诗情的画面。这是一种"此中有真意，欲辨已忘言"的境界，透露出作者极为精诚的情致。我不由得想起了《论语·侍坐

---

　　① 　（散文集《流淌在我心中的月亮河》再版时用《流淌的月亮河》书名）

章》中孔子问诸弟子志，唯曾皙之"莫（暮）春者，春服既成，冠者五六人，童子六七人，浴乎沂，风乎舞雩，咏而归"得夫子嘉之。这是一种生活的态度，也是一种精神境界。读浩志的散文，我以为流淌在其中的正是这种中国读书人悠远而深刻的文化心理。

当然浩志并不一味流连于田园牧歌式的生活，而更多的是表现一种文化沉思——现代生活与传统文明间的冲突："人类生活条件越来越舒适进步，往往就越来越远离了自然，远离了诗意。"作品中让我动情的是《流淌在我心中的月亮河》。这是一篇追忆童年生活，充溢着童真、童趣和童年幻想的美文，它让我想起了一件往事。记得有一年高考的作文题目是《假如记忆可以移植》，当时我问尚在读初中二年级的女儿："如果让你写这篇作文，你将如何？"女儿不假思索地答曰："假如记忆可以移植，我将移植爸爸的记忆，这样我就可以拥有一个幸福的童年！"说得我心酸酸的。在《流淌在我心中的月亮河》中我再次读出了这份心酸。是啊！童年的梦幻和憧憬总是美丽的，并且往往影响着人生的轨迹。缺少梦幻和憧憬，童年便显得苍白，这对于人生多少是一种缺憾。可是，"究竟是谁折叠了这童心的翅膀"！在浩志的散文中每每写到童年往事，总有一种冲动的情感打动读者，引起人们强烈的共鸣。我想这里有心理的沉积，有文化的积淀，也有现实的思索，非如此，不可能产生强大的艺术张力。

在21世纪，人与自然的和谐已经越来越成为人们关注的时代主题，也是浩志散文思索的焦点之一。如果说在2000年以前浩志在作品中表现对人与自然关系的思考还显得比较朦胧的话，那么2000年以后的作品对这方面的思考就逐渐地清晰起来，并显示出了探索的自觉性与深度。从海岸滩涂上的红树林到高山峻岭上的野茶树，从杨家溪的红枫叶到挂满露珠的松树林，从日屿岛的海鸥到屋檐下的燕子，都不是偶然地进入作者的心灵关注之中。"大自然就是女人，生万物养人类"虽说得通俗却意味深远。我尤为欣赏的是《等待草长燕飞》。从我记事起，就知道燕子是人类的朋友、春天的使者，听惯了"小燕子穿花衣"的儿歌，唱熟"燕子垒窝一口口泥"的童谣，看惯了厅堂下的燕巢，然而随着居住条件的变化，燕子与我们逐渐疏远，隔膜了。浩志以燕子在水泥结构的凉台上筑巢为切入点，写出人类生活条件的变化对生态环境的影响。虽然浩志不曾刻意地去表达什么，但从对燕子的缠绵的牵挂中，我们读出了浩志对人的心灵环境和自然环境的沉思。

集子中不少作品是写人的，从中我们读到了自然美景中的人性美。追求自然美与人性美的统一，虽非浩志首创，但他在这些作品中所创造出的景如桃源美、人似武陵纯的意境，浸透了他清幽、淡雅的审美情趣，富有耐人咀嚼的韵味，这些作品给我最深切的感受就是——脱俗。尤其值得关注的是作者笔下的几个女性形象，如《雾中李花》中坦诚、单纯，如水一样透明的"李花"姑娘；《蛙声》中豪爽、快乐，粗犷中带着野性的女邮递员；《带我去看海》中执着、顽强，向往大海的"小芳"；《白玉兰树下的书香》中读《新月集》的姑娘；《采桃脂的女孩》中想用桃脂换知了的小姑娘。虽然各具鲜明独特的个性，但个个都清纯可爱，不超凡但脱俗，让人感到"可远观而不可亵玩焉"的端庄。这些人物构成了浩志笔下女性形象的画廊，为他的散文集增添了不少亮色。浩志对女性的刻画让我想起了贾宝玉的名言："女儿是水做的骨肉，我见了女儿便清爽。"陈浩志不是贾宝玉，他笔下的男性自然也不是"泥做的骨肉"，而同样具有朴实无华的鲜明个性，如活泼、爽朗、幽默的跛足伯（《跛足伯的渡口》），性格不羁、充满智慧的"老阮"（《挂满露珠的松树林》），等等，都给人留下了深刻的印象。追求敦厚、淳朴、自然，形成了浩志的审美规范。

然而审美的规范并不意味着审美的单一性。一直以来我都主张审美的多样化。世界是多维的，人对世界的认识也是多维。一个作家的责任就是以自己对生活的多维度的探索，为读者提供更为丰富的审美空间。正如著名文学评论家孙绍振先生所说："作家要选择的不仅是与内容相一致的东西，而且是选择超越内容的东西，他的目标不仅是把内容表现出来了事，而且是在形式上标新立异、推陈出新、化腐朽为神奇，为想象寻求更为自由的向导。"刚拿到散文集，我有些担忧，三十多篇以写景为主的作品，会不会让其陷入俗套的、模式化的泥淖？读完整本书，我感到欣慰，因为浩志向我们展示了审美的多元化。在集子中我们不仅看到恬静、幽雅，也能看到雄浑、苍劲；不仅读出散淡、闲适，也能读出沧桑、悲凉；不仅感受东篱采菊、悠然南山的意境，也能体味倚窗寄傲、容膝易安的心境……庄重与诙谐融为一体，明快与跌宕交错相生；时而让人欣喜会心一笑，时而惹人心酸掩卷沉思……在这样的欣赏过程中，我觉得浩志已经从心灵上获得了创作的自由，我想这是一个作家走向成熟的标志。

读浩志的散文是一种享受，不仅内容精致、情感真诚，而且言辞优美，称之为"诗化"的散文一点儿也不为过。我以为这样清新、朴实而韵味隽永的文风对时下充斥着滥情、矫情和媚俗的文坛，或多或少有点激浊扬清的作用。

2007 年 2 月

原版序

邱景华

"不朽的暗示来自童年时期。"

读陈浩志的散文，常常让我想起1995年荣获诺贝尔文学奖的爱尔兰大诗人希尼的这句名言。"童年的记忆"，是作家创作的源头。对于关注乡土的作家而言，童年的生活尤其重要。陈浩志生长在福安穆阳的一个美丽的村庄，那里有长长的溪水，一片片的桃树林。春天来了，绿溪两边的桃花一朵又一朵地开了，亮了。这样的景致，大概就是陶渊明笔下的桃花源了。早慧而敏感的陈浩志，生长在这块清丽的山水中，被清亮亮的绿溪水所滋润，被明艳艳的桃花所点染，从小就熏陶出美的感觉和爱美的灵魂。幼儿所感觉中的各种各样的美，都收藏在他的"童年记忆"之中。一个作家充满美梦的心灵，就这样诞生了！

童年梦和乡土美，是大自然馈赠给每个乡村之子的精神财富。但童年梦和乡土美，却很难保存。特别是成人以后，很多淳朴的乡村青年在走向城市，走进生活之后，复杂的社会和艰辛的生存，很快就消解了他们的童年梦和乡土美；或者被打成为碎片，散落在无意识的冥冥深处。但对陈浩志来说，却恰恰相反。入世越深，阅历越丰富，就更怀念童年梦和乡土美，并且拿起笔，把深藏在心灵中的童年梦和乡土美，通过艺术的想象，用文字传达出来。

文学有多种的功能，供各种各样的作家选择。有的作家信奉文学的认识功能，努力展示社会的真相和人性的真实，借此提高读者的认知水平；有的作家，重在传达美好的理想，激荡读者的灵魂，注重文学美化和净化读者心灵的功能。陈浩志属于后者，他希望通过他的散文，让那条永远流淌在他心中的美丽的月亮河，也流入读者的心中……所以，乡土的美、自然的美和女性的美，就成为其散文的主题和题材。那种情景交融的抒情散文，就成为他早期最顺手的文体。比如，《流淌在我心中的月亮河》就是这类散文的代表作。

但陈浩志的独特才华，还不在于仅仅会写抒情的美文，而在于他对乡土感觉的独特，而且能用特殊的句式和文字，精细而生动地传达出来。比如，在《关于土的回忆》中，他形象地将幼童时初次见到土的感觉，写了出来：

会走路了，扶着门框走出了家。天是那么高，蓝蓝的；地是那么阔，黄黄的。够不着天，便俯伏在地上抓起一把泥土，咯咯笑着往前扔去，风让泥粉回头裹住小小的我，这是土第一次对我亲昵。前面有一洼水，浑浑的黄，小脚丫毫不犹豫地往里踩去，凉凉滑滑的感觉拓开母亲怀抱温暖的单调，兴奋地踩动双脚，看黄色的泥水飞溅出一朵阳光下的葵花……

以短句传达出幼童的单纯感觉；但光用短句，又过于单调，所以加入回忆性的叙述长句。反之，光有回忆性的叙述长句，幼童单纯的感觉，又无法传达。所以，短句与长句的相调和，才有以上这种第一次接触泥土的新鲜艺术效果。

著名散文家郭风，曾提出作家应"开放五官"，就是强调作家要有自己独特的感觉。这种对散文家独特感觉的重视和强调，其实就是引进现代诗的写法。"淡化情感，强化感觉"，是现代诗的一个基本特征。所谓"淡化情感"，就是说不要直接抒情，以避免滥情和感伤。"强化感觉"的目的，仍然是抒情，只不过是借助独特的感觉而抒情。抒情散文美则美矣，但也容易滑向雕琢华美辞藻之弊。而作家的独特感觉，却能避免这种外加的语言油彩，给文字以独特而新鲜的生命感。换言之，陈浩志走的是一条"诗化"散文的艺术道路。这其中虽然还有杨朔散文的影响，但这种"淡化情感，强化感觉"的写法，给他的散文带来新的艺术境界。因为这是一种高难度的创造。

要用散文的文字，精确而生动地传达出作家独特的感觉，谈何容易？但陈浩志认准了这条道，就要走到黑。他沉下心来，在艰难的探索中，像个灵巧的玉匠，静静地精雕细琢。慢慢地他的文字有了灵性，有了独特的感觉。于是，他不仅超越了自我，也超越了一般的写家。比如，发表在《散文》杂志上，曾受到广泛好评的《故园二题》（这次收录于散文集，作者又加了《黎明的感觉》），写的是普普通通的乡村生活，本不足为奇。奇的是陈浩志用带着泥土气息的口语，写出乡村的独特的韵味：

> 走过傍晚，村庄便宁静了。这是喧闹的宁静，有青蛙歌唱蟋蟀雅鸣还有繁星眨动庄稼生长的声响。其实，夏日的乡村从傍晚清醒过来一直都没有沉睡，男人的鼾声女人的呢喃孩子的梦吃沿着那条窄窄的村道直走进夜的深处。

这一段写村庄夜晚，内容再常见不过了，但写法很是新奇：从短句开始，写傍晚降临；接下来，句式是一句长似一句，很巧妙地传达出人从入睡前到沉睡后，呼吸越来越放慢的节奏感。这种内在的旋律和节奏感，是诗的音乐语言才具有的。读了这段文字，我的呼吸也放慢了，竟出现了淡淡的睡意……

这就是文字的神奇魅力!

当然,这样的写法,其实就是散文诗了。比如《感觉古瀛洲》。最让我心服的是:那次到古瀛洲文艺采风,我和陈浩志是一路同行。我们一起在一座古戏台里转悠,习惯理性思维的我,觉得这破败的旧戏台没什么看头,很快就溜了出来,但陈浩志一直在里面流连忘返,我催了他几次。出乎意料的是,他后来写出了《古戏台流动的线条》,令我赞赏更令我感叹,也让我略略窥探到作家艺术创造过程中观察与想象与文字之间无法言传的奥秘。

青苔用苍绿的触角爬过潮湿的地面,也爬上台柱的青石磴。粗大的台柱撑起的不再是昔日的金碧辉煌,厚重的戏台板依旧,却让岁月的线条刻画出流动的斑纹。两厢的石灰墙上,明清时期的古画还没褪去那靛青的浓重,三国故事中的人物依然弯弓舞剑,但都斑驳得仿佛笼罩在时空的浓雾中。

听不见锣鼓的喧响琴瑟的委婉,看不到花旦拂袖的温存武生跨马疾驰的亮相;但后台墙壁上写于清朝和民国年间的戏班子和戏折子名号,密密麻麻无序铺展,却像无数攒动于戏台前的人头,从岁月的邈茫中走来。

读了这篇散文诗,很奇怪的是,那个早已被我忘却的古戏台,却又在我想象中复活了:带着它那曾经辉煌的喧哗和已经烟消云散的故事。这样的文字,是有生命的,那长长的句式,凝聚着厚重的野史和沧桑感。我以为,这是陈浩志写得最精彩的文字!没有一个字多余,没有一个字没有来历,没有一个字让人感到不和谐。这种精细的感觉和精致的表现力,不是一般作家所能达到的!陈浩志所付出的心血,是巨大的。这些精短的散文,让我想起"宁要仙桃一颗,不要烂菜一筐"的格言。

从整体而言，陈浩志散文的美学风格偏重于阴柔美。但近年来，他不断开拓新的审美领域，在变化中丰富自己的美学风格。编一本集子，既是作者艺术成果的展示，同时也是对作者才华的一种公开的检验：数十篇散文的集体"公示"，不仅仅是数量的重复，还是艺术多元的呈现。单篇发表，可以藏拙，因为艺术上的重复，难以觉察；而编成集子，明眼的读者一眼就能看出相同的面孔。让我感到高兴的是，这本薄薄的散文集，展示了陈浩志在散文艺术上多维度的探索。

如《荒原上的红头绳》，一反陈浩志散文中常见的纤细而精巧的文字，有一种凌厉跳荡的文气，内蕴热烈的血性。以第一人称"我"的想象，叙述不曾谋面的小姑姑惨烈的死亡。虽然写的也是故乡的家事，但美丽的绿溪和桃花林消失了，呈现在读者面前的是祖家后门一片广阔的荒原：

过了秋，甘蔗林的繁茂消失殆尽，这里便成了荒原。密匝匝的甘蔗头渐成黑色，未扒扫尽的蔗叶变黄，与枯草纠缠，一阵风过，满目萧瑟。如果夜里有月亮，更显凄清，从溪边森林那边常会传来各种怪叫，人说那里有狐妖。

这样暗含杀气的粗粝而诡异的文字，在陈浩志笔下是罕见的。而恰恰是这种"不美"的文字所构成的"荒原"情境，才能表现小姑姑被乡村愚昧所扼杀的惨烈和悲怆。"荒原"的出现之所以重要，是因为它丰富了原本只有绿溪和桃花林的乡土。从艺术手法来说，能把一个听来的故事，通过想象，写得这样奇异而凄怆，让我感到陈浩志才华的多样性。或者说，他是在自觉地拓展自己的审美领域。"荒原"的粗粝、怪异和神秘，是对他的柔美风格的一种重要补充。

陈浩志的乡土散文，多写故乡的风景，自然是属于南方的柔美，好像其家乡出产的水蜜桃，甜而多汁。从《白杨树的眼睛 白杨树的花》中，可以看出陈浩志正在努力突破这种局限。此文一开篇，就从飞机上俯视的广角，写出黄土高原的辽阔和雄浑，以及白杨树的挺拔和苍劲。接着笔锋一转，写单位里一个来自北方的女孩，谈起白杨树上有许多的眼睛。但作者曾经近距离地观察过白杨树，并没有看见过白杨树的眼睛。于是，好奇心驱使着他再次踏上黄土高原。旅途中又听说白杨树上有花，最后终于破解了白杨树的眼睛和白杨树的花之谜：

> 原来白杨树树叶的背面是银灰色的，高原风吹动树叶，阳光让树叶闪烁起来，便像绽开一嘟噜一嘟噜白色的花。

行文一波三折，在变化和悬念中，写出了南方人与北方人在审美观上的分歧和差异，以及南方人认识北方美的困难和曲折。从整体而言，此篇文字简洁明朗，格局疏密有度，有一种北方秋空的爽快。

审美领域的开拓，也是多种多样的：题材的变化，是一种；手法的更新，是一种；视角的转换，又是一种。同样的题材会因不同的视角而产生新意。比如，同样是写"童年记忆"中的乡土，《村子里的戏迷》却是从一个喜剧的新角度，写出故乡戏迷们的各种各样的幽默和谐趣。这篇散文，吸纳了小说的写实手法，以细节描写取胜。这种散发着乡土气的幽默，对于陈浩志散文来说，是一个全新的艺术因子。同时也表明，阅历加深，智性也成为他观世的慧眼：回首往事，不再只是美的事物，不美的事物、有缺憾的人物，同样是真实的人生。新的人生感悟，也意味着作者精神世界深处的隐秘变化。其实，幽默也是人生的一种境界、艺术的一种境界。读《村子里的戏迷》，有会心的笑声从我的心头荡起，虽然这种笑声是带着苦涩。我为一向"内秀"的陈浩志感到高兴，因为幽默是一种"外美"，是内在智慧的外露。从"内秀"走向"外美"，这就是作家艺术生命的成熟。

《清明雨》是陈浩志后期的代表作。写清明，写清明节，是中国散文中常见的题材。但很少有人像陈浩志这样从文化的角度，来写中国人特有的代代相传的父子情，点醒其中孝道特有的内涵。但它又不是说理文，而是一篇以细节见长的乡土散文。文中写的是作者铭心刻骨的三代人之间的亲情。他把清明节所蕴藏的孝文化，巧妙而鲜明地传达出来。这也是人到中年的作者，对生死的一种感悟，有一种厚重之感。其视角的新颖和文化的底蕴，是陈浩志散文中一个新的艺术高度。

与"内秀"的陈浩志相识久矣，很少看见他的张狂之态，虽然他也是一位成功人士。特别是在文学创作上，长期以来，他一直保持着低调和内敛，加上产量不多，给外人的印象似乎是用力不专、使劲不够。实际上恰恰相反，他在长期的孤寂和沉默中，对自己越发苛求，对艺术更加求精。从抒情散文到艺术散文，他所付出的"心劳"，因为不与外人道，只能是"自作自受"了！少年陈浩志曾经学过做篾。在我的印象中，他对艺术的虔诚和敬畏，始终保持着乡村手艺人的传统美德：灵巧、诚实、勤劳和专心。尤其是诚实，在当下自我膨胀、自我炒作成风的文学界，特别难得！因为缺少诚实，在散文创作中，太多粗制滥造的写家，太少精益求精的艺术家。

散文易写难工，艺术在质不在量。

明智的读者，当会珍惜作者劳作的艰辛，更会欣赏作者艺术之果的甜美。

2006 年 8 月

目　录

故园三题

晌午的印象

记忆中夏日的晌午。日头悬在中天灼灼地红，屋檐下趴着的狗吐出长长的舌头。忙了半晌的农人懒懒地躺在榕树荫里，身下是大溪石铺成的地面，袒着胸，露着背，贴着凉凉滑滑的石头。乞不得风来，他们不断变换身向，抛出一片片汗湿的石面。没人说话，全都昏昏的，似睡非睡，偶尔也有人坐起来捏上一袋旱烟默默地吸，用斗笠有一下没一下地扇，或者提起身边的苎麻衣擦去汗粘在皮肤上的几点沙土。这苎麻衣遮阳透风，是夏日农人必不可少的。

夏日的女人不歇晌，她们都在捻苎麻线。苎麻由男人砍回来剥去麻骨，浸泡在水中，两天后女人捞起来，用半弧形的钢刀夹上一块木板慢慢地刮去皮，然后用尖长的指甲掰出一条条头发细的麻丝。晌午，女人便在凳头挂上一摞麻丝，脚边放一个小簸箩，手指灵巧地动着，捻出连续不断的也细如头发的麻线，一圈圈盘进簸箩里。夏日村庄的晌午，风不吹，人不动，狗不叫，似乎只有这绵绵的麻线表示着时间的流动。

孩子这时候也都睡了。大的孩子被女人哄睡在身边的竹床上，小的孩子含着女人葡萄红的乳头，横躺在膝盖上。有的大孩子醒了，干号几声，女人便塞给他一块光饼或者麦芽糖。过了嘴瘾的孩子看腻了女人的捻线，便去逗蚂蚁，拍上几只苍蝇，放到墙角边，唱着："蚁公蚁婆婆，上厝宰鸡母，下厝老猪嚎，猪嚎猪不刺，鹅嘈鹅不动，三头鸡母排排行，排到哪，排到本家大祠堂，早点来，肉给你剁，晚点来，骨都没。"唱着唱着，便见几只探路的蚂蚁小心翼翼地赶来，嗅了嗅苍蝇又匆匆地往回走。孩子的声音更大了，激动地把脸俯到地面上，看蚂蚁回家通知蚁王。不用很久便有成群的蚂蚁从墙角的缝隙中出来，很有秩序地围向苍蝇，有的拖，有的推。孩子这时候不唱了，只是不断地用草茎或者小石子拦在蚂蚁行进的道路上，延长它们回家的路途，增加快乐的时间。

歇过晌的村庄有了生气。狗跳出墙根，跟着女人跑；柳条动了，小草也开始招摇。给男人送点心的女人，在村道上走得不快不慢，她们都穿花布短裤、无袖薄布衣，袒露的手臂和大腿都白得闪眼，年轻的常会弯腰掐下一朵野花往头上插，年长的往往蹲下身拔一把兔草打去土放进篮子里。男人全都坐了起来，风从溪面吹来，携着潮潮的水汽，汗湿的身子干爽了，心却痒痒的，等待着女人的到来。抽口旱烟，话从痒痒的胸口跳出来，荤的素的，隐私的公开的，都像风一样无所顾忌。女人走来了，话也更多了。也许有一个谁家刚娶来的俏媳妇，玩笑话便如水一样往这年轻的一对身上泼。小后生听惯了粗俗的话脸皮厚，新嫁进村的媳妇便羞得满脸涨红，像路边的花，也就更显得漂亮了。年长的女人便骂男人没正经，男人反而开心得哈哈大笑，女人也笑。笑声惊起榕树上的鸟雀，它们在浓密的树冠间扑腾，于是榕树籽便如雨点般洒下，铺红了地面。跟母亲来的孩子兴奋地拉开衣服口袋，忙碌地拣着，一边往嘴里填一边往口袋装。小狗也趁机撒起欢，绕着树干跑，往人缝里窜。榕树下充满甜美的欢乐。喝过粥的男人穿上苎麻衣带着欢乐走向田间，女人也提着一篮子的欢乐悠悠地回家去。

榕树便寂寞了。或许榕树并不寂寞，它也在企盼又一个炎热却悠然的晌午。

傍晚的村庄

夏天的傍晚从长长的燠热中走过来，像一把花团锦簇的圆扇，像一碗醇醇的米酒，像唱着歌走在那条长长的村道上。

天空在夏天特别阔，太阳走得很久也很累，才胭红着脸晃下西山头，傍晚也就来了。也许太阳还恋着天空，便在山后用色彩折叠出许多风筝，放飞出来，于是天际一片金色的辉煌，村庄便笼在灿烂的光辉里。不见了太阳，燠热便少去一半，风从垭口那边吹来便有了些许的凉意。树动出许多姿态，草摇出满目绿意，花生悄悄闭上叶子，夜来香渐渐吐出香气。蜻蜓不知道从哪里冒出来，黄的红的绿的黑的，与晚霞辉映，布满了田野上空，有的停伫不动，有的一扎扎出好远。青蛙在远处的田畴开始试探地鸣叫，长一声哇哇短一声咕咕，逗出猪嚎鸡鸣鹅嘈狗吠，叫得女人手脚忙乱，于是金色的光晕里有了蓝蓝炊烟忙碌地挪动。村庄和田野走过白日的炎热，从疲惫中清醒了过来。

孩子像蜻蜓一样从各个角落钻出来，急不可待地扑向傍晚。小溪热闹了，远远近近浮动着西瓜似的小脑袋，会水的一蹬脚就到了溪中间，仰躺着看天；不会水的叫人托着腰部练水性。玩腻了水便上岸去粘知了或网蜻蜓，粘到知了用树叶包了放到火堆中烧烤，熟了可以吃出满口的香味；网到蜻蜓，在蜻蜓细细的尾端绑上一条苎麻丝，另一头扎上一小片纸张，放开手，看蜻蜓与身等长的翅膀沉重地拍动。也有的孩子爱钓青蛙，小铁线磨成钓钩，绑在苎麻线上，串上苍蝇，蹲到田埂提着一上一下晃动。青蛙很蠢，见有物晃动就以为是昆虫，跳起来捕食，自己反而被捕了。

傍晚的女人最忙，要喂鸡鸭猪狗，要烧水煮饭烫酒，但她们都忙得快活，红扑扑的脸一半是因为忙累一半却是期待男人归来的兴奋。村里的女人没有不疼男人的，男人是柱子撑着家，她们是给柱子庇荫的一片瓦顶。

当晚霞褪尽暮霭溶溶蛙声鸣成一片时，远远近近便响起了男人疲惫而急促的脚步声。女人就端上一大盆热水放到溪石垒成的洗衣架上，然后翘着屁股点燃艾草熏蚊虫。也许男人正踏进家门，便会在女人浑圆的屁股上拍一巴掌，当然是轻轻地，女人却会佯嗔地跳起来，然后又猫一样温顺地贴过去，接过男人手中的农具，脱下男人汗臭的苎麻衣。男人很容易满足，女人一丝笑意，一个温顺的眼神，都会使他感到一天辛苦劳作的值得。站到石架前，块块肌肉纵横在黝黑的皮肤上，男人便像金属的雕塑。女人舀起一瓢瓢热水冲着男人的身子，也冲得自己脸更红了，可是男人这时的心思全在桌前那一碗泛红的米酒上。

酒于村里的男人更胜比女人，没有女人的男人村里有，没有酒男人可就无法过日子了。坐到桌前，最紧促的是伸出嘴贴着满沿的酒碗重重地嘬上一口，再嘬一口，然后张开嘴呵一口气，感受着血液涌动，筋骨舒展，疲惫便烟消而去，人飘飘然宛若神仙。半碗酒下肚，脸红润了，男人不再飘然反而变得实在了，看一眼默默扒饭的女人和孩子，便会夹一箸下酒菜放进他们碗里。孩子捧上饭碗高兴地跑出门外吃，女人便甜甜地笑了，拿起麦秆扇给男人轻轻地扇着，男人便会在女人脸上捏一把，捏得粗糙的手指滑滑的。这时候男人不会急着把酒喝完，而是细口细口地饮，一天中该忙的事都忙完了。

喝完酒吃过饭，有一点醉意但不全醉，村里男人很少喝得醉醺醺的，他们喝酒不因远虑近忧，也不是借酒寻乐，只是恢复体力。村里农人都是一躺下闭闭眼就会睡过去，但这时还嫌早，他们便披上一条布汗巾，提着烟斗往丁字路口去。丁字路口在村头的原野上，有一个小小的坪，无遮无拦八面来风，四围摆着许多凳面大小的溪石，全被男人的屁股磨得溜光平滑。这里是傍晚男人的聚散地，坐着乘凉也闲说，话题古今中外柴米油盐无所不有，一人说完便有一人接上，缓缓地像溪水潺潺，旱烟也是这里歇了那里亮起来。不善说话的也许整个傍晚一声没吭，但他们也坐得有滋有味，

因为这里涌荡着闲适和随意。丁字路口真正热闹是来了说书人，坪中摆上一张长桌，放上一盏风雨灯，女人扶着老人，小孩扛着凳子，全都涌出了家门。

走过傍晚，村庄便宁静了。这是喧闹的宁静，有青蛙歌唱蟋蟀雅鸣还有繁星眨动庄稼生长的声响。其实，夏日的乡村从傍晚清醒过来一直都没有沉睡，男人的鼾声女人的呢喃孩子的梦呓沿着那条窄窄的村道直走进夜的深处。

黎明的感觉

记忆中，村庄春来的黎明是安静的。安静得风不吹，蛙不鸣，夜鸟也不再扑动翅膀，只有雾从溪湾的草丛里静静地升起，一片又一片，弥漫了原野，笼住了房舍。村庄在濡湿的宁静中便像一个拢着婴儿沉睡的少妇。花儿还开着，有桃花，有李花，当然还有各色的野花，在牛乳一样的雾水的浸润下粉粉地艳着，也像梦里的少妇恬静的脸。这是一片美丽而萌动着苏醒的安宁。

公鸡最守不住寂寞，终于发出了啼叫，唤来了轻轻的风，叶尖垂挂的露珠开始移动，东方也出现了鱼肚白。一座又一座房舍里开始有了响声，那是女人醒了。女人张开惺忪的眼，感觉男人结实的手臂还环在自己的身上，便羞羞地红了脸，小心地移开男人的手，轻轻掀开被角，披上衣服，像猫一样下了床。这时可不能吵醒男人，常言说清晨一阵眠，胜过洋参一茶瓶，男人得歇足了，还有一天累活等着他们。

轻轻掩上卧室的门，女人走进厨房，往灶膛里塞进一把柴草。人还没有醒透，摸索着找到火柴，划出亮光，柴草的火苗便噼噼啪啪跳跃起来，映着女人眼里留着的梦。锅里的水有了动静，女人起身舀上一瓢对着镜子洗了脸，又细细梳理着凌乱的头发，也梳去了一夜的倦怠。清醒了的女人开始了清晨的忙碌，农家人早晨都吃蒸饭，一个大大的木蒸笼，倒进捞过的大米和地瓜米，架到锅上，蒸笼下放着地里挖回来的芋头，然后把火烧得旺旺的。灶口总是放着一个装满水的陶瓶，男人起床的第一件事是喝上一碗浓浓的茶。当米饭的香气弥满屋子的时候，女人在柴草火上架上几根干柴，让它自燃着，然后提起放在屋角的篮子往溪边去，篮子里放着昨晚全家人换下的衣裳。

雾已经开始淡了，天却还没有亮透，远山近野都朦朦胧胧的，有风吹来，裹着草的甜花的香。脚下溪石铺成的路湿漉漉的，木屐在路面上响出一串宁静中的躁动，路边树上的宿鸟呼应着木屐声发出鸣叫，一声远一声近，一声短一声长，叫出山野黎明的静寂和空旷。时间还悠着，女人走得不急不躁，看到一朵红艳的野花便掐下来插到鬓角，自己怯怯地笑，浑身便荡着野气。溪边的石滩上早已经热闹了，虽然还看不很清楚，但女人快乐的声音却此起彼伏：我家腌的笋已经开瓮了，很好吃，你回家拿一个碗过来装；我家的鸡昨天下了一个双黄蛋；镇上那花布真好看，我昨天剪了一块，你等一下过来瞧瞧。也许那边是一个新媳妇和大嫂，说话便有了荤：我看你那新郎官，今天早上肯定是起不了早了。瞧你说的，新媳妇羞羞地答，声音里底气不足。于是满条溪都荡起女人快乐的笑声。

恰好这时走向溪边的也是一个刚嫁到村里的媳妇，听得羞红了脸，便不敢往这些女人堆里走，悄悄找一块石头蹲下去。溪水安静得像一匹绿色的绸缎，无波无纹，雾在水面上轻轻地滑动，袅袅娜娜，还可以看到小鱼在水底的石缝间游动。这新来的媳妇竟然不忍把衣服往水里放，她迷失在这如画的水色之中，痴痴醉醉。衣服还是要洗的，拨开宁静的水面，在急促的捣衣声中，她走进了这条美丽的小溪，也走进了这个村庄的故事。

在女人悠悠的捣衣声里，东方天际慢慢洇红，山明朗了，水明朗了，漫漫的雾升起来聚成一绺一绺，像白色的纱巾飘动在溪面上岸树间。远处的沙洲有几只白鹭在观望。女人拧干最后一件衣服，开始互相招呼着往家走。

男人这时也都起床了，喝上一碗女人备着的浓茶，抽上一锅烟，便在房前屋后的菜园子里忙活开了。门前地，自家的脸，村里男人都像女人侍弄头发一样把它梳理得鲜鲜亮亮，让人看得羡慕。回家的女人远远看到自己男人壮实的背影，眼里便有了温情，顾不上闲话，全都加快了脚步。

女人急促的木屐声，唤起了猪嘈狗吠鸡鸭叫，孩子也醒了，哭着闹着。村庄走过长长的夜，穿透黎明的安静，在晨光的荡漾中真正苏醒了……

1997 年

流淌在我心中的月亮河

如果你没有在农村生活过，你就无法想象月夜有多迷人。特别是夏天，远远的天空上，无数星星像萤火虫在飞翔，月亮宛如一盏橘红色的灯笼低低地垂着，朦胧的光色照在四周的山头上，照出起伏凹凸的线条，也照出农村孩子许多故事：一棵高高的树可以想成一个仙人，一块畸形的岩石可以说成一只奔跑的天狗。躺在溪边的草地上，流水在闪光，蟋蟀在鸣唱。看着月亮，你还能看到月亮里的一棵树，树下一块岩石，岩石上蹲着一只兔子。这是祖父教我们看的，我和同伴花了好几个晚上才找准了树、岩石和兔子的位置，于是越看越像。祖父不懂得嫦娥，他告诉我们月亮上有一棵很大的树，树下是一片开满鲜花的草地，这里生活着鹿、山羊、兔子，还有一个美丽的仙女，仙女啜饮花蜜清露，袅袅婷婷，平时是不出来的。尽管童年的我们对于女性还懵懵懂懂，却天天盼望着仙女从岩石后面飘然而出。在盼望中溪水一声泼剌，我们全都坐起来，以为是来了鱼精。鱼会在月夜变成美女，上岸来缠人，人被缠住就腰酸体累什么都不想干了，这也是祖父说的。但我们都不恐惧鱼精，倒是盼望她能出水上岸，因为祖父说鱼精也跟月亮上的仙女一样漂亮。

童年月亮的天空，还有着牛郎织女的故事。那是到了七夕节，牛郎织女相会的日子。这天我们都把端午节时扎在手腕上的五色丝线剪下来，绑上炒熟的花生、黄豆，扔到瓦顶上，让喜鹊叼到天上搭鹊桥。到夜里，我们

几个小伙伴抬架竹床到葡萄架下，一边嚼着喷香的炒花生、黄豆，一边等候牛郎织女相会，祖父说牛郎织女相会时在葡萄架下能听到他们的说话声。秋夜比夏夜更加幽邃神秘，满天的繁星里，可以看到隐隐流动的银河，半个月亮像条小船在河中摇动；葡萄架下萤火虫的小灯笼和蟋蟀的低吟，在编织着迷人的故事。坐久了，看累了，便分不清哪是星星，哪是萤火虫，于是天空和大地都荡漾起来，流动起来，有孩子说牛郎织女相会了。闭闭眼，确实能听到嘤嘤的低语声，睡过去，大家都做着一个牛郎织女相会的梦。但是直到长大离开故乡，我终于还是没能见到仙女从月亮的岩石后面走出来，也没有见到牛郎织女相会。

　　那年，我同表哥到闽北一个山区县，他在那里种白木耳。表哥及伙计就住在深山野林中，两边的山高得抵着天，到夜里黑黢黢地压得我们透不过气。在那漫漫的暗夜，我们躺在用整株毛竹搭成的铺着茅草的床上，除了无边无际的闲扯，便没有任何可以做的事。我想要回家，表哥说，你别急，等到了有月亮的晚上，你就会不想回去了。我那时已经是到了不相信有月亮仙女和鱼精的年龄了，但童年的记忆，依然使我迷恋月光里的梦。我们终于等来了月亮，有了月亮，整个山林便鲜活了起来，山涧的水动金流银，树叶上的水汽闪烁着湿润的光泽，黑压压的山也亮朗了，退到远远的那边。表哥便领着做工的伙计去抓鱼。月亮挂在高高的天上，月光在跳动的涧水上跳动，涧里的石头黑黢黢地蹲卧着，张开五指轻轻地往石缝间摸，能摸到各种的鱼，还有虾。那晚我们摸了半篓篮，在水边去肚洗净，然后装到脸盆加上自己腌制的野菜放进锅里炖。竹子燃烧，跳动出的火光，铁锅里飘荡出的香气，和朗朗的月色一起弥漫在长长的山谷。我咽着口水等待，表哥在月光下摆上桌子，放上一碟酱油一壶酒，很快便端过热气腾腾的鱼虾。在万籁俱寂的荒山野岭，喝着醇厚的米酒，品味鲜嫩的鱼虾，偶尔抬头看看那远远的月亮，那份感觉你未身临其境是无法体味的。有了这次经验，我后来常想，那草原上的牧羊人，那沙漠里的跋涉者，那大海中的水手，一定都像盼望情人一样盼望着月亮的到来。因为在茫茫无边的寂寞中，唯有月亮带给他们暗夜的光辉，奇异的色彩，诗情画意的想象。

记得有一篇文章写道：什么是幸福？那便是在朦胧的月光下，在绿色的草地上，一个披着长发的心爱姑娘把头轻轻地靠在你的肩膀上。这岂止是幸福，更是一种美的状态。我很赞赏作者用月光的画面来释解幸福。月亮是人类心中的女神，一轮明月带给中华民族多少的遐思和浪漫的情怀。"嫦娥奔月""吴刚斫桂"，当人类在思维的萌动中遥望到月亮时，中华民族文化的土壤里便流动着一条潺潺的月亮河。"月出皎兮，佼人僚兮"，《诗经》里的月亮开始照耀着美丽的女性；"今人不见古时月，今月曾经照古人""江畔何人初见月，江月何年初照人"，月亮看着历史，月光响动着历史的厚重；"海上生明月，天涯共此时""滟滟随波千万里，何处春江无月明"，诗人笔下的月亮让辽阔的空间近在咫尺；还有"月光如水水如天"的寥廓，"四更山吐月，残夜月明楼"的寂寥，"举头望明月，低头思故乡"的惆怅，"我歌月徘徊，我舞影凌乱"的浪漫，"掬水月在手，弄花流淌在我心中的月亮河香满衣"的闲适，"与谁同坐，明月、秋风、我"的禅境，无不流动着月亮的光和影。

读师专的时候，一个中秋节的晚上，很迟了，我们几个同学坐在校园操场的石阶上。那晚的天空无云，闪烁的星星像一条流动的河，月亮在星星河里走出一片广阔的明亮。经过文化荒漠重新走进校园的我们，手上都还握着书本，借着月光背诵唐诗宋词，月亮成了我们追回岁月的灯。忽然一个同学轻声朗诵起张若虚的《春江花月夜》，他低沉的声音把我们与古人的思绪连接起来，宽阔的月光里便多了一份幽远和凝重。不知什么时候，一个同学拿来了手风琴，茫茫的月夜便跳荡起手风琴欢快的音符。当他拉起《莫斯科郊外的晚上》时，从树荫下教室里走来了许多认识的不认识的同学，"小河静静流，微微泛波浪，明月照水面银晃晃，依稀听得到，有人轻声唱，在这迷人的晚上……"歌声在手风琴的旋律里也像一条河在校园里流淌，它流淌着我们的青春，流淌着我们的爱情。这月光下的歌声也链接起了流动在我童年的那条月亮河。

前不久，夜宿太姥山。我们几个人或躺或倚在一片开阔的草地上，静静的秋月圆在湛蓝的天空，星星远远近近闪烁出无边的神秘，多姿的太姥山石峰像一幅幅剪影，高高悬起，发着幽蓝蓝的光。我凝视着无言的太姥石，却感觉它们有着生命，似乎都在神秘的天穹下动了起来，我想起月亮岩石后的仙女。童心的翅膀又让我飞翔起来，我随着祖父的手指又一次寻找着月亮里的树、岩石、鹿和兔子。这时一个母亲牵着孩子向我们走来，我问孩子，月亮里有什么？孩子说，没什么呀，宇航员叔叔只看到石头和泥土。我说，有嫦娥。孩子说，那是编的故事，不是科学。我无言。

我不知道，究竟是谁折叠了这童心的翅膀。我呼唤你，月亮河，我心中的河。

2002 年

感觉古瀛洲

古瀛洲，位于霍童溪上游，在以水路交通为主的年代，曾是一个繁华的埠头。山珍和海味在这里汇聚交换，商贾云集，灯红酒绿。

——题记

遥远的吊脚楼

明时的溪卵石依然在门前的古道里闪动着岁月的光泽，潺潺的溪面却不再重演百帆扬动的热闹。挑工纤夫的吆喝行商坐贾的身影都退进历史深深的折页里。

寂寞的吊脚楼依山踏水，几春杜鹃染，几度水蓝水绿。临街的柜台听不到茴香豆的叫卖靠窗的八仙桌也没有红衣村姑举壶冲茶的热气，但斑驳的板壁古旧的神龛依然传递着这里昔日的繁华和温情。

吊灯低垂，炭火融融，大碗的酒大壶的茶，长衫与老花镜，赤膊与馊汗巾，笑语欢声长吁短叹，还有临溪舢板船上歌女"思三郎"的小调，都成了吊脚楼遥远的梦回。

古戏台流动的线条

青苔用苍绿的触角爬过潮湿的地面，也爬上台柱的青石礎。粗大的台柱撑起的不再是昔日的金碧辉煌，厚重的戏台板依旧，却让岁月的线条刻画

出流动的斑纹。两厢的石灰墙上，明清时期的古画还没褪去那靛青的浓重，三国故事中的人物依然弯弓舞剑，但都斑驳得仿佛笼罩在时空的浓雾中。

听不见锣鼓的喧响琴瑟的委婉，看不到花旦拂袖的温存武生跨马疾驰的亮相；但后台墙壁上写于清朝和民国年间的戏班子和戏折子名号，密密麻麻无序铺展，却像无数攒动于戏台前的人头，从岁月的渺茫中走来。站在古戏台流动的线条上，还是应当留个影，也要摆个自己喜欢的姿势。人生本是一场戏，你看我，我看你，总是没看个清楚便偃鼓落幕。不过留在人世间的照片，当时光尘封出昏黄的厚重时，却又成了历史。

独木冲浪的女孩

你才十岁，秀发披肩，赤脚踏在一根段木上，平举的竹篙，像展开的翅膀。于是你在激流中飞翔起来，独木是舟，横篙是帆，浪花是欢笑。水缓处，你舒展腰身，像平衡木上的飞燕；险滩里，你弓步前倾，像起跑线上的健儿。飞流直下三百尺，衣湿了，头发滴下水，你在游客羡慕的目光里，潇洒着童年的欢乐。

"四面环石，无土可耕。一线溪河，彭谢度生。"祖父告诉你他的童年，每当春夏丰水时节，木头从各座大山的皱褶里汇聚到这溪面上，于是他同他的父亲各持一根带铆钉的竹篙，踏着起伏在浪尖上的独木，左点右钩，驱赶数十百根的段木，漂流而下，漂向大海。多少生命的惊险，多少艰辛的苦涩。

你承继祖父独木行舟的血统，但你在独木上飘动的秀发，无法触摸到你祖父深深皱纹里的故事。

2002 年

流淌的月亮河

霍童的水　霍童的山 (外一章)

潺潺霍童溪

是岸树染碧了溪水，还是溪水映绿了岸树？一团团浓绿浅翠从山野走来，一片片深碧淡青从水面浮起，就连空气也喷吐着醉人的绿色气息。霍童溪是绿的化身，绿是肌肤，绿是魂魄，绿是霍童溪献给人间的纯情。

掬起一抔水，把手也染绿了，贴近耳畔可以听到千山露滴，万涓潺潺。于是你知道这潭水为什么似一颗翡翠，这条溪为什么洁净得宛若处子。人说这里卧龙藏鼋。岸边岩石上一行若隐若现的字迹，一个远古的繁体的"龙"字，似乎记录着这里掩藏着许多遥远的故事。

撑起一叶竹筏，划开水中的山、树和天空，看白鹭轻翔，听游鱼泼刺，不再有城市的喧闹和纷繁，涌起的是拥抱自然的超凡和走进生活的闲适。

踏上岸，绿树翠竹芳草野花，一团团一片片化不开的绿。人称小桂林的外表村漂流埠头，古榕老樟枝繁叶茂，新树嫩竹团绿涌春；岸边的"知青林"，骄傲地挺拔相携，像一排排绿装的士兵；邑坂村的植物园，挤满了树，缠满了藤，铺满了芳草野花，抓一把是浓得化不开的绿，踩一脚漫出的是绿的汁液。

如果说深深浅浅浓浓淡淡的绿色是相异的音符，那么霍童溪便是在弹奏着一首永恒的春之曲。

幽幽霍童山

"闽境之山,西则武夷,东则霍童。"武夷山奇险,霍童山秀深。

霍童山的秀美,美得贴近你我。那单乳峰和双乳峰,丰满得仿佛伸手一捏便会喷出满把乳汁;睡美人峰,挺胸仰躺,倚天凝思,引领我们的思绪走向那茫茫宇宙,悠悠远古;更有那老君岩慈颜宽怀,狮子山啸天昂起,大童峰和小童峰阳刚威猛。

霍童山幽深,幽得浑厚神秘。"其近案远峰九十九,谷途广塞",林间隐现道观庙宇,石径行走方士僧人,世称"未登霍童空寻仙,不到支提枉为僧"。道家典籍称霍童为道教三十六洞天的"第一洞天",神秘的山林间似乎还能听到韩众、茅盈、左慈、陶弘景修真寻仙的脚步声响。支提山在霍童东境,支提为梵语,乃佛生处。《华严经》记载:"东南方有山名曰支提,现有天冠菩萨与其眷属一千人常住说法。"支提因此而扬名,成了在佛教界与五台、峨眉、普陀、九华齐名的天冠菩萨道场。在支提山中,屹立着古刹华严寺,晨钟暮鼓,钟磬声声。寺存的明朝"千圣天冠"铁佛、大毗卢遮那千佛托、《北藏经》、五爪金龙紫衣等稀世珍品,更使这座名山佛音渺渺。

霍童山千古悠悠,无限的春花秋月,几多的神神秘秘,探不完深谷幽岩的玄机,看不尽春草秋树的变幻,说不透千岩百峰的故事。在这千古洞天里,唯有你我的寻寻觅觅,幡然顿悟。

双　仙　谷

天下三十六洞天，霍童第一。新辟的"双仙谷"堪称霍童又一小洞天。

双仙谷位于霍童东境雄浑的大山之中，一弯一景。不意时会有岩逼无路，急低头又见巨石开裂，穴缝通幽，过之则豁然开朗；有时峰回无行处，依岩侧过，却见瀑悬鹰击，境界如画。两侧山势，有的刀劈剑削，直指蓝天；有的鬼斧神工，如壁横亘；有的绿树藤缠，翠接天外；有的裸石浪水，千姿百态。更为奇绝的是有一岩壁，若白若漆，错落如波，宛若天外飞来一片鱼鳞云，令人玩味不已。

无水不成谷，双仙谷之水从天上来。两条瀑泉从三百米高处的峰峦间喷涌而下，缠绕着各异的岩体，飞跃喷吐，卷起水雾如烟如雨。双瀑相聚于一潭后又相拥而下，几折跌宕，几番婀娜，几多咏唱，空谷中荡漾着水的音乐水的曼舞。

移步双仙谷，看山转峰变，观瀑悬水动，听鸣急咽低，何时是归时？难怪有双仙相逐鞭石入里，久久不去，谷因之而得名"双仙谷"。不过曾有一诗人建议叫"情人谷"，以为更贴近现代人。是呀，坐于潭畔磐石，看流瀑双飞，藤树相缠，彩蝶比翼，燕雀对鸣，空谷泉唱，怎不情感绵绵。又有说这山谷的空气中富含负离子，负离子养心，那么称"养心谷"如何？这里远离浮躁，堪称桃源之境，若在高山岩壁凿刻上"养心"二字，又如何？

2001 年

杨家溪的秋天

我第一次到杨家溪是秋天,那是十多年前,杨家溪还覆盖在原始的莽荒之中。树是随意地长,草是随意地乱,落叶是随意地飘,脚步是随意地踏动。天高高地蓝,鸟远远近近地啼叫,在万籁静寂中脚底冒出的草的汁液滋滋地响。何须导游,循着那最浓郁的树香草翠走便是。

这当然不是画。一万多株碗口粗的枫树,几十年来就是长不大,在秋的杨家溪,像一簇簇朝天燃起的火把,又像一片燎原的星火,或者更是低垂的晚霞。秋的风掠过树梢,叶点燃着叶,只有红的起伏,只有火的浪涌。这是蓬勃的生命,会让你想起金发少女扭动的迪斯科、强劲的摇滚。

这当然也不是雕塑。十七丛盘地茁长的古榕,驼起背撑开粗粝的枝干,让苍苍的叶片铺开满满的荫翳。这地球上最北纬度的古榕树群,承载了千百次春秋的轮回,历经了万千番风雨的剥蚀,那中空的树干里,流失的是岁月,留下的是八百年的记忆。虬曲的枝干上圈圈年轮,托起的不仅仅是叶的华盖,它注定要俯身颔首凝视这片苍茫的土地,我想起罗丹的圆雕《思想者》。

依然是踩动冒着绿汁的草叶。山是越来越挤,草木是越来越乱,不时会踏上一段溪卵石铺设的古官道,仿佛还能听到杨家将文广战马驰骋的足音。数千杨家军马曾经在这里横刀扎寨,汲水长溪,溪也成了杨家溪。溪上元时的断桥依然传递着历史的信息,潺潺的杨家溪却不再眷恋那遥远的

喧嚣，在两岸绵绵的峰回中恬适地躺着，敞开的胸怀里有山、树和天空。几只白鹭呆立在对岸的石头上，旁边开着几簇秋日的杜鹃花。白鹭似乎不耐烦了，突然拍动翅膀飞起来，有一只扑向水面，水面便荡开一片涟漪，山、树和天空便都模糊了。不一会儿，水面又恢复了宁静，如洗的秋空动着几缕白云，水里也动着几缕白云。走在这里，不会有激情，也没有凝重，只有无边的散漫，你可以什么都想，也可以什么都不想；你会奇怪世间怎么会有那么多纷争热闹。四野安宁得像奶着孩子的母亲的呼吸，你仿佛回到童年，你想躺下去，化作一滴水，融入这悠悠的杨家溪。

那边走来几个穿花色衣裳的女子，手上都提着满满的一篮绿色。她们朝溪边走，梳着的辫子或扎着的"马尾巴"一晃一晃的，卷起的裤管上沾着草叶花瓣。溪水不动，浅浅地漫着溪卵石，把篮子放进水中，浮起的野菜漂漂地动，满溪便泛起一片金光。有一块拱起的大溪石，把洗净的野菜晾在石面上，秋日的阳光便从闪烁的溪面闪烁到石头上。有些累了，坐到溪石边，把裤管卷得更高些，两只白里泛红的脚泡在水里，悠悠地动，晃晃的水面依然能照出她们红扑扑的欢乐的脸颊。把长长的发披散开，从怀里掏出一把梳子，娇羞地偏过头，袅娜的秀发便从白皙的脖颈像瀑布一样垂向水面，轻轻地梳理，有草叶花瓣从发间飘落到水面上，静静的。我闻到一股浓浓的草香，我循着草的气息走，走到了她们身边。在这幽静的杨家溪，只有我们和她们。我脱了鞋，也踩进水里，滑滑的溪卵石传递着痒痒的凉意，从脚心传至心底。我问姑娘，姑娘告诉我，她们是下游渡头村的，来这里采野菜，也来这里玩耍。我发觉这草的香是从她们的发际她们的身子飘散出来的。问她们，她们说，这溪里的水就是这青山绿草酿成的，这满野的空气就是这草木呼出的，我们天天喝这水，呼吸这空气，当然满身是草香了。我突然感悟了，为什么婴儿的身上有乳香，"踏花归去马蹄香"，那么喝口杨家溪的水，吸口杨家溪的空气，我定然也能带着满身的草香回到家里。

悠悠的杨家溪。如果那枫树林像热情如火的少女，榕树群似凝重沉思的长者，那么这条潺潺的溪流便是宁和安详的少妇。

2006 年

风景中原始的滋味

前不久，听说周宁礼门发现一个新景点——蝙蝠洞，于是我们几人猎奇而去。

蝙蝠洞在周宁海拔千米的荒山野岭中。先要走过长长的谷地，这是一片可以称为"未被开垦的处女地"的荒滩，举目只见杂草萋萋，灌木疯长。没有路，拨开人高的菅草芦苇便有那泥湿的土地，踩上去便成了路。四野静谧如在水墨画中，可以听到脚踩腐殖土冒出水泡的声响。流水随意地变换身躯，有时在乱石上恣情跳跃，有时潜入草丛无影无踪，有时又凝聚成一潭碧绿。人随水转，有先行者在积水处垫上一个又一个石块，互相牵拉着，伸出脚寻寻觅觅，偶尔石滑鞋湿，便有一声惊叫一片欢笑，不知名的小鸟扑腾飞起，惹得山花摇曳，绿草荡漾，于是寂静的荒野便有了热闹。

但是，人于大自然是多么的渺小，我们的欢笑和脚步声只像一块投进大海的石子，展开一圈圈小小的涟漪，便又消逝在这荒野的静默中。越靠近山，山便越显峻峭，峰峰相拥，天变窄，树更茂，日光斜照，光线黯然。树丛中有动静，说是猕猴在偷窥人，谁也不敢拉开一步，怕被猴子抢去成亲，于是一个牵着一个像一根绳子打了许多结。越是往里走，山越奇兀幽秘，有花岗岩壁直立而起，断裂层中可见奇形怪状的化石。猜想这里数千万年前也许曾经发生剧烈的地壳运动，于是山崩石移，相叠相错，形成许许多多似洞非洞的洞穴。说是穴中有蝙蝠。

导游手持手电筒在洞口迎候我们。他是山下村庄的一个退休干部，姓李，六十多岁，个子不高却很硬朗。我们跟随他在岩石的夹缝间艰难地穿行，有的仅可容身须贴壁而过，有的高不过尺得匍匐在地，有的乱石累累须手脚并用，更有险处木梯斜立，人爬得胆战心惊。忽见一水潭，竟不知水从何处而来，战战兢兢地走过两根原木搭就的小"桥"，临其侧处便见一蝙蝠洞。洞黑不见光，幽气逼人，岩壁上挂伏着无数蝙蝠，手电一亮，倏地飞起数十上百只，在手电光中迅捷地掠过掠回，像幽灵，像黑色的闪电。我们蛰伏在地，气不敢大出，担心这恐怖的飞物扑面而来。

真不知身在何处、在何年何月。这一路荒滩野草枯藤老树古岩青苔猕猴蝙蝠，真以为走进远古的隧道。但导游老李没有我们的依景怀古，却显得浪漫无限。他说这蝙蝠洞还叫"仙女洞"，他指着一块块古老的岩石给我们编织着一个美丽的传说。这是床，那是椅，对面是梳妆镜，这潭水是仙女的洗澡处，这卧水的牛是仙女骑下来的，水中还有仙女遗留的脚印。一一看去，果然栩栩如生。再抬头，高处是一块浑圆的石头，老李说这是仙女抛出的绣球，但四处寻不见仙女。或许因为世人不敢轻接绣球，耐不住寂寞的仙女怅然回天上去了。于是"仙女已乘白云去，此地空余蝙蝠洞"。

仙女还在，老李神秘地说。他微笑里的神秘隐藏着玄妙，我们跟着他在谜一样的洞穴里盘旋，野趣横生，惊叫不断。隐藏的潜流又出现了，像一匹碧绿的绸缎展开在一个人字形的洞穴下。有竹排横在水流上，老李又显神秘地一笑说，这是"生命之道"，出去便是"生命之门"。我们知道这是有关女体隐秘的比喻，于是好奇地坐上竹排，穿行在这条近百米的幽幽水道，像是足月的婴儿等待着冲出母体。竹筏悠悠，洞穴幽幽，有阳光灿烂时便到了洞口，回头一看，你不能不惊叹大自然神奇的造化。这皱皱褶褶，这凹凹凸凸，像一瓣剥开的橘片，像一朵绽放的花苞，你不能不相信仙女还逗留在这片原始的土地上。她躺着，她裸露着，她繁育着这片土地的神奇。

仿佛从另一个世界归来，洞外阳光明媚，山呈绿，水长流，空气清新得像滤过一样，透明得与天空同色。"洞中才一日，世间已千年"，我们确实经过了一条悠长的时光隧道。走在下山的小道上，心的一半还随着蝙蝠黑色的翅膀在远古的岁月里翔动。

下山进溪山村，在村头见到一株红豆杉，这是两百多万年前孑遗的珍稀植物。我驻足在枝叶繁茂的树下，很想能从这古老的植物身上，获得地球变化成长的信息。老李告诉我们，红豆杉很难长成，它的种子必须经鸟儿吞吃后，从粪便中排出，丢落在适宜的泥土里，然后才能成活生长。老李说，村人都把红豆杉当作神一样敬奉。鸟不会有意识地吞吃红豆杉种子，但人可以有意识地保护红豆杉。风景于人类又何以不是这样？

但愿蝙蝠洞的仙女能长驻人间，永恒地繁衍这片古老土地的神奇。

2001 年

白杨树的眼睛　白杨树的花

　　黄土高原是雄性的男性的。那白羊肚毛巾红腰带，那牛皮大鼓铜大钹，那以黄土高坡为顶为墙的窑洞，那羊群中的老汉撼天动地的信天游……西北的黄土高原在我心中总是横亘在历史的粗犷中。当飞机横过弹丸一样的丘陵地带，远远看到黄土高原剑削一般拔地而起，没有铺垫，没有修饰，就那么笔立几千米。你会想到这片高原土的风云历史：想到秦始皇的叱咤风云；想到项羽的"力拔山兮"；想到西夏李元昊的铁马金戈；也想到武则天，但你往往忽略了她是一个女性，因为这里是属于男性的雄性的土地。我们贴近了黄土高原，汽车在那平坦的黄土地上奔驰，看不到花色也看不到妖娆，只有原始的浑黄，只有无际的广漠，这是一种恢宏的壮美。这时，一株或者一排白杨树出现了，打破了单调的视野，你振奋了起来，但这绝不是孤旅中遇到一个女子的兴奋。

　　白杨树是伟岸的树，笔直的干，向上的枝，茅盾先生在《白杨礼赞》中把它比作树中的"伟丈夫"。黄土高原上的白杨树不像南方的柳树，也不像与橡树并立的木棉树，你不会滋生柔情，也没有思绪万种，只能进一步激起你男性的苍劲和雄性的自豪。这便是我初次涉足黄土高原的印象。

　　我认识一个黄土高原长大的女孩。她长得虽然不粗犷，但说话的声音却很高很亮，听她说话你就会想起那激昂的信天游。我从来没见过她穿花色的衣服，或红或黄或紫，总是单一的色调。她的目光也是单一的，相遇时看你的眼睛像黄土高原，没有妩媚，没有逃遁，没有丰富的内容，只是看看你而已，在这双眼睛前你没有联想和异念。她告诉我她几年前刚到闽东时简直以为到了另一个星球，满目的草绿花红、柔柔的风、潺潺的水，真没劲。她说她总无法喜欢南方的花，太艳丽了，艳丽得令她不敢久看。但她喜欢南方的菅草，她说有次下乡到一个村子，看到溪滩上一蓬蓬菅草，有一人高，剑形的叶，穗状的花，绵延而去望不到头，她激动得呼喊起来。她向我描述着菅草毛茸茸的花絮，她说，那是植物内在生命的喷发和涌动，在南方温热的土地上展示着壮烈和美丽。那天她在菅草丛中穿行奔跑，仿佛回到童年的高粱地里与伙伴玩游击队打鬼子的游戏。我笑她这是因为从小在黄土高原长大形成了单一的审美观念，我对她说了我初次踏上黄土高原的感觉。

她不同意我对黄土高原的认知，偏着头居然露出几许娇气说，不对，白杨树上有眼睛，有许许多多的眼睛，弯弯的，看着看着，它就会眨动起来，像天上的星星，有多美。说这话时她的声音不再那么亮爽，有了柔情，那单纯的目光也变得丰富了。我不在意地笑了笑，所谓白杨树上的眼睛，或许是她儿时眼睛对眼睛的渴望吧！我还记得茅盾先生笔下的白杨树：它的皮光滑而有银色的晕圈，微微泛出淡青色。我在西安也近距离地观赏过白杨树，没有看见她说的眼睛。

也许见我不大信她的话，第二天她给了我一张照片，那是一片广阔的翻起而没种上庄稼的黄土地，在一条宽大的机耕道两旁挺拔着一株株笔直的白杨树，一个穿红毛衫的女孩，抬着头伸着指头，似乎在数着什么。哦，真的在数着"眼睛"。在白杨树笔直光滑的树干上方果然长着许许多多的眼睛，弯弯的浅浅的，妩媚而又动人。我惊讶自己也惊讶于茅盾先生居然没有发现白杨树迷人的眼睛。

前不久，我又一次踏上黄土高原，我寻找着白杨树的眼睛。是秋天，在宁夏"西海固"，四野一色，满目浑黄。这是一片渴望水的土地。驮着水箱的驴在干涸的河床上没有脾气地走着，不知道它已经走了多久，我们的汽车穿过河床也没有打乱它迟缓而有节奏的脚步。就在这时，我们看到远远的一排白杨树，它笔直的干向上的枝直指秋日的天空。我们一行许多人都是第一次见到白杨树，在浑黄广漠的黄土地上这生命的绿色，无疑像迷人的歌声振奋起大家的情绪。汽车在"引黄"工程的工地上小心翼翼地向白杨树驰去，忽然有人叫了起来：快看，白杨树上的花！在秋日灿烂的阳光下，挺拔的白杨树树冠间绽放着一朵又一朵白色的花，闪烁耀眼，熠熠生辉。白杨树居然有花？我问。司机是银川人，他笑而不答，我发现他的微笑里隐含着得意和奥妙。原来白杨树树叶的背面是银灰色的，高原风吹动树叶，阳光让树叶闪烁起来，便像绽开一嘟噜一嘟噜白色的花。这花，宁夏人叫"孩子花"。说是一个老人抱着孩子，孩子要采摘白杨树上的花，老人说是叶子，孩子说那就是花。我忽然想起那张照片上穿红毛衫数着白杨树眼睛的小女孩。

哦，白杨树的花属于孩子，白杨树的眼睛也属于孩子。老人太熟悉白杨树，老人太实在了，他看不出阳光照亮的花；也看不出白杨树树干上的眼睛，因为那是他们剔枝留下的疤。历史的黄土高原是古老的，也许它只是古老在老辈人的眼中，在新生代的眼里它是年轻的妩媚的生机勃勃的。

汽车转过一个路口，走上平坦的柏油马路，飞快地向享有塞上江南之称的宁夏北部疾驰而去。

2002 年

流淌的月亮河

吃槟榔

"高高的树上结槟榔，谁先爬上谁先尝。少年郎，采槟榔，小妹妹提篮抬头望……"这首唱槟榔的歌很使我迷醉，不只因为词美曲好听，更因为我没见过也没吃过槟榔。

在海南，同行的愿望大多是领略热带风韵，我却更多想的是吃槟榔。其时是秋冬之交，别处已是萧瑟秋风，而海南仍是一派蓬勃。乘车从机场往下榻处，路旁有许多修拔的椰子树，偶尔也见到棕榈，就是不遇槟榔；街上摆满椰子也见不着槟榔。导游说，槟榔吃了会上瘾，禁卖。这就更诱发了我的好奇。

往三亚一路游去，我也一路留心寻找槟榔。终于在东山岭遇到了，于是我独自停留在一个装槟榔的竹篮旁。槟榔并不上看，青青的皮，两头尖溜溜的，像一个大橄榄。我说买一个。卖槟榔的老太婆是标准的海南人形象，黑而粗糙的皮肤，个小脸也小，她张开皱褶的眼皮细细地瞄了我一眼，流露出很神秘的目光。然后慢条斯理地给我选了一个，切成两半，挖去内核的白仁，又撕去绿皮，露出的是一层像竹丝一样的木质状物，再里面是一层白色的果肉。我询问怎么吃，老太婆淡淡地说："随便吃。"我边走边迫不及待地撕下木质状物放进嘴里咀嚼，那感觉就像吃玉米秆，仅是带一丝甜味，再咬那层白肉，却满嘴生涩。这有什么好吃？我有一种受骗的感觉。这时对面走来一位大嫂，笑了起来说："哪有这样吃槟榔？""那怎么吃?"我急切地问。大嫂想了想说:"不过,你不会吃,吃了会醉,醉了很难受。"我才想起那个卖槟榔老太婆神秘的一眼。

醉?这小孩拳头大的槟榔就算都是白酒,我喝了也醉不了的。于是我又折回头,那老太婆仍是用那神秘的眼光瞄我。这时走来一位姑娘,老太婆眼睛一亮,热情地招呼:"小姐,买槟榔吧!"老太婆一改爱理不理的状态,变得热情而灵活。她拿起一个中等大的槟榔,熟练地切成四块而不是两半,然后挖去果仁,把那切成的四块槟榔放进一个小塑料袋;接着又拿出四小片绿树叶,在树叶中放进一些白色的和棕色的粉末,再包成三角状,也扔进塑料袋中。姑娘提起袋准备离去,我忙叫了她一声,告诉她没其他意思,只是请她教我怎么吃槟榔。老太婆一旁插话:"我看你是不会吃,吃了会醉,醉了会摔倒。"我颇生气地转向老太婆:"我不怕醉,人生难得一回醉。"姑娘笑了笑说:"不过应当留一半清醒留一半醉。"人之间有时一句话就可以沟通起来,姑娘很友好地拿起一块槟榔,用染得红艳艳的指甲灵巧地剔去外面的一层绿皮,然后把果肉和树叶包裹的东西,一起扔进嘴里,使劲咬了一口,对我说第一口要吐掉。然后就边咬边吞,津津有味的。想不到白色的果肉和绿的树叶包混合到一起居然会咬出朱红色的液体,她张开殷红的小口让我看看那满嘴的红,笑了笑娉婷而去。

当我再扔两元钱后,老太婆也只好给配制了一份,我急不可耐地塞进嘴里。第一口非常涩,我学那个姑娘吐掉;再咬,便溢出许多液体,一股紧张便从心中涌起,我谨慎地咽下一点,又咽下一点,味道涩涩的,但口感很好。我毕竟没有汉子气概,又是在异乡异地,便吐掉了余留的汁液,是朱红朱红的。我又咬,又是满口红液。这槟榔的四分之一块,才指头大,怎么会咬出这么多红色的液体?槟榔在我心目中愈显神秘了,就像那老太婆瞄我的眼光。

对面走过来一个黎族小女孩,大概察觉到我不敢多吃,叫我把剩余的三小块送给她,我便给了。我终于没有醉,甚至连一半清醒一半醉也没有。

我很遗憾，遗憾于虽然算是吃了槟榔，但仍搞不清槟榔究竟什么"味"。这只能怪自己"男子汉"气概太少了。

回来后，听说苏东坡曾即兴写过"两颊红潮曾妩媚，谁知侬是醉槟榔"的诗句，又窃喜还好没让自己醉槟榔而成"妩媚"之态，心中不禁感激那位卖槟榔的老婆婆的"兜销原则"。

1999 年

吃槟榔

询问弘一大师（外一篇）

早年间很偶然地看到弘一大师的一幅字，内容已记不太清楚，大概是关于劝人慈悲广济之类，但字留给我的感觉却终生难忘。看弘一大师的字，就像观骈足翔天而去的白鹤，又像看茫茫沙漠中不动的枯枝，超凡脱俗，无欲无求。我不善书法，也对佛教没有研究，因此关于弘一大师的了解也仅停留于此感觉状态，没有发展深入。

前不久到泉州参加笔会，参观了弘一大师纪念馆。在纪念馆一楼的正中摆放着弘一大师半身石膏像，大师双目平视，神情超远，似若闲云静水，我从大师的神情目光中又一次感受到他写的字。弘一大师的字和他的形象是统一的。

可是当我走上二楼参观弘一大师遗物遗迹时，却不能不陷入深深的思索。我看到大师年轻时作的素描和演出剧照。大师画的是一张女性倔强的脸，粗放的头发卷曲着，深邃的目光蕴藏着忧郁，却又闪射着抗争的欲求，像压抑在湿柴下的火焰。非真正走进女性心灵者不可能勾画出如此深刻的女性形象。剧照大概拍摄于20世纪初，弘一大师扮演"茶花女"，他的一笑一颦一举一挪把妓女玛格丽特表现得入木三分。很显然，如若大师没有对妓女心灵的深刻了解，也绝难表演得如此惟妙惟肖。我徘徊在大师的纪念馆，徘徊在他的画作和剧照前，我无法将大师的画作、剧照和他写的字统一起来。弘一大师未出家时曾经红尘万丈：他留过学，办过报；他组织协会，推介外国人体画；扮演婀娜女性……那么，风流倜傥的李叔同，为什么会在不惑之年抛弃红尘，走进弥陀声声？他从此以后真的超凡脱俗、心如止水了吗？

我带着疑惑又同泉州市的同志到清源山山麓拜谒弘一大师的墓塔。在就要接近墓塔转角的一块岩石上，我看到弘一大师绝笔四字——"悲欣交集"。细细地看，这四个字显然没有了"闲鹤枯杖"的情态，而是显得躁动不安，尤其是最后一个"集"字，纠缠在一起，似乎"剪不断，理还乱"。据说人临死的时候最主要的心态就是"放下"，世事冷暖、恩怨情仇、功名利禄，一切烦恼，在那一刻统统放下。但是大师临死时提供给我们的字的信息却不是放下，而是悲与欣的交集。在这生死交会的时刻，大师悲的是什么，欣的又是什么，谁人知晓？

天下着湿漉漉的雨，我慢慢地向墓塔走去。泉州市的同志告诉我，墓塔中弘一大师的肖像是丰子恺用泪水研墨画成的，画中的大师目光平视，不管你站在哪一个方位看向大师，大师的目光都凝视着你。可惜雨中天色阴晦，我无法感受墓塔中大师的目光。丰子恺深研佛学，佛者目光垂视，但丰子恺又为什么以泪研墨作画，向我们提供了弘一大师凝视我们这些凡夫俗子的信息？

我在淅沥的雨中带着没有答案的疑问离开了弘一大师，回头又走进万丈红尘。

未留下名字的石匠

不是每一块岩石都能成为历史，泉州清源山右麓的老君岩是幸运的，一个不知名的石匠让这块高 5.1 米、厚 7.1 米、宽 7.3 米的岩石成了历史。

我想，一千年前的那天一定下着毛毛细雨，这位工匠手头无事，便戴上斗笠，披着蓑衣，漫步在清源山麓。这时候是春天，山花浪漫，绿翠水动，景致勾人心魂。闲适的石匠慢慢地走，慢慢地观赏，突然他发现一块奇特的岩石。石匠对岩石是敏感的，他发现这块岩石像个人，确切地说像个坐着的慈祥老人，浑圆的头，顺垂的肩，盘曲的腿。他惊讶地站住了，绕着岩石走了一匝又一匝，他敏锐的目光穿透岩石，细察抚摸着岩石的每一个皱褶每一个凹凸，一种创作的躁动在他体内回旋，他突然扑向岩石，大声呼喊着：我来了！

宋代清源山麓有北斗殿、真君殿、元元洞，是道教庙观集中地。石匠的匠心在这特定的氛围袅袅的青烟中羽升，他似乎看到太上老君宽厚的微笑。他立即赶回驻地，背上钢钎铁锤，他觉得有一种冥冥之力在导引着他。没有金钱的诱惑，也不是功成名就的追求，石匠浑身只是荡动着创作的欲望，太上老君的形象跳出他的心房，幻化在这块粗糙的岩石上。

雨还在飘飘洒洒地下着，宁静的清源山麓响起了叮叮当当的钢钎声。一天又一天，石匠没有白天和黑夜，累了就在旁边的茅草房躺一躺，饿了就熬上一锅粥，他向着太阳也对着月亮小心翼翼地移动着钢钎，每一小块坯石的取舍都蕴藏着他的独具匠心。他凿出宽大的衣袍、闲适的双手、随意的盘腿。石匠的生命凝固在这无声的石头中，于是一尊巨大的太上老君石雕盘踞在巍巍的清源山下。

千年的日月，千年的风雨，未留下名氏的石匠不会知道他为历史记录了宋代的艺术。他精致而不失夸张的匠心独运，他柔而有力的线条刀法，告诉千年后的我们，宋时的艺人是如此地理解生活。

历史是人创造的，留名的或不留名的。留下名，也不过是一个符号。石匠没有留下名，但他的生命在一块无声的石头中永恒。

2002 年

流淌的月亮河

东 海 拾 贝

日屿岛上的海鸥

一次航行中，一个想当海员的小男孩问我：叔叔，这海鸥一直飞一直飞不累吗？晚上它们住在哪里呢？我赧颜无语。大概许多人同我一样，只感受大自然赋予的愉悦，却忘却了对自然界应有的关怀。我确实没想过也不知道，这带给我们航行的遐想和欢乐的海鸥夜归何处。面对小男孩童稚的目光，我感到深深的负疚。

今年初夏的一天，我乘坐的船只经过东海的一个小岛，当船长拉响长长的汽笛的时候，我按下了照相机的快门，我想起那个小男孩的目光。这个岛叫日屿岛，面积大概不足 0.1 平方公里，呈长方形，近海处岩壁裸露，峻峭陡立，人难攀缘，顶部却菅草灌木丛生，郁郁葱葱，远远看去像茫茫大海托起的一个盆景。当汽笛浑厚的鸣叫撕开海空的宁静时，只见岛上灌木丛中扑腾跃动，百千只海鸥骤然翔天而起，像绽放的礼花，像飘动的花絮，在蓝天碧海中翻飞出千姿百态。惊吓的海鸥很快又安静下来，绕着小岛滑翔，然后又悠然降落，隐进灌木菅草中。船长告诉我们，日屿岛又称鸟岛，宁德市人民政府在这里设立了"鸟类保护区"，它成了海鸥等鸟类的法定家园。船长说，这季节小岛是海鸥的领地，它们在这里产卵繁殖，除了偷吃鸟蛋的蛇类会骚扰外，这里是它们安宁的世界。我们也不再拉鸣汽笛，

船静静地划开海面，但我似乎听到海鸥亲昵的呢喃声，还听到它们温存的翅膀下蠕动的生命同礁石上白色的浪花一起奏响着生生不息的歌。

船长见我们还眷恋着小岛，便说，你们秋天或春天来，这儿就热闹了。别看日屿岛小，它还是候鸟迁徙的客栈呢！那时南来北往的鸟雀此起彼落，鸣声阵阵，连海都沸腾了。是呀，人类仅仅让出一块小小的空间，就给了鸟类多少的幸福和自由，而鸟类划动的翅膀又带给我们寂寞的航行多少的欢乐和遐思！

我应当把这张照片所描述的答案，寄给那个想当海员的小男孩，让他童心的关爱更能化作像大海一样广博的人文关怀。

嵛山天湖

海是咸的，海上的风也是咸的。在大海走上一天，舔舔手臂，也是咸的，那是苦涩的咸。海上人家最苦的莫过于缺少淡水了。但是坐落在茫茫东海上的嵛山岛，却在海拔四百米的山上托起三个总面积达八百亩的永不干涸的淡水湖。这神话般的传闻吸引了众多好奇的人。

我们的船缓缓地向嵛山岛靠近。岸边，白色的浪花以其独特的姿态亲昵着褐色的礁石，礁石却不屑一顾地昂起头，向着海，还有海上的风。不必礁石陈说，仅看礁石额头上的一道道皱褶和疤痕，就可以知道这个闽东第一大岛的古老悠久。当我第一脚踏上这由花岗石和火山岩构成的坚硬土地，我就没有怀疑，我认定这岛的深处隐藏着人间的神话，因为在这鱼腥的气味里我分辨出远远飘来的草的芳香水的甘洌。这是江南水乡才有的气息。

翻过海拔五百多米的屏障似的山，果然我们全都惊讶地愣住了。没有人欢呼，因为这里安谧得只有你激动的呼吸；没有人雀跃，因为你只想躺下去让自己融化在这山水中。在这里你知道了什么叫栖凤翔鹤的仙境，在这里你理解了文艺学上"意境"的抽象概念。

你看到的湖，是瘦的，像一个颀长的少女，躺着，睡着了，一动不动的湖面，闪动着处子的光泽。山是阔的，那边一派极目的绿，从山头到坡脚像一瓶绿色的水彩静静地流下，飘飘洒洒有浓有淡有深有浅；这边是茫茫的白，白茅草穗状的花絮刚烈地扬起，铺展出北国"万里雪飘"的恢宏。不见风动，不闻水声，恍惚里，你感觉自己是站在一幅水彩画上。

这当然不是画，但四野不见一线水流，湖水从何而来？嵛山人称这湖为"天湖"，说是王母娘娘为仙女沐浴掬水而成，因此永不干涸。我徘徊在天湖旁，湖平似镜，湖静如玉。在咸涩的大海包裹之中的天湖水，真的是王母娘娘掬水而成的吗？当我茫然地抬起头时，突然奇异地发现，这四周的山全都携着绿翠缓缓地向天湖蠕动，就像诗人流向主题的情绪，就像暗夜仰视月亮的星光。我明白了，这每一片绿叶都是一涓细流，万涓成河，哺育了永不干涸的天湖。

有一个到过嵛山岛的作家说：嵛山岛的草是大气的，毫无小草的卑微自弃……聚在一起便生机盎然、浩浩荡荡。我想，正是这浩浩荡荡的嵛山之草，创造了这海上"瑶池"的仙境。

2002 年

红树林下的村庄

红树林，这是多么美丽的名字，就像一首诗、一幅画。

我第一次听到这名字是在长途汽车上。坐长途汽车既乏味又累人，我排解的办法是靠上椅背闭上眼，让自己迷迷糊糊，在迷糊中可以什么都不想也可以什么都想，思想似流水，人便飘飘然轻松了。有次迷糊中听到有人喊"红树林"，这美丽的名字使我飘忽的脑海霎时闪现出香山红叶，杜牧的"霜叶红于二月花"，还有家乡漫山遍野的红杜鹃。

我睁开眼望向窗外，看到的是蔚蓝的大海。海水正在涨潮，白色的浪花像无数的爪子在黑淤淤的滩涂上爬行。我也看到树，长在滩涂的树，大约有两米高，树冠繁茂浓绿，一蓬一蓬，远远看去像一株株低矮的榕树，涌起的潮水正在它茂密的树冠间恣情聚散。这就是红树林？我很惊异这扎根在海土与海水里的绿色植物居然叫红树林。

为了这美丽的名字，我专门查阅了有关资料。红树林是热带、亚热带海岸滩涂上的常绿灌林和小乔木群落，数十株组成一蓬，绵延生长。其皮富含单宁，是浸染皮革和渔网的重要原料，根能入药，枝干可以制作三合板，亦可当柴薪。更重要的还在于它是海岸湿地生态系统唯一的木本植物，被喻为海岸生态树。它发达的内潮沟是海洋生物的繁衍栖息地，落叶是鱼虾的食物，发达的根系扎根于海滩淤泥中可以抵御海浪对大堤的冲击。20世纪50年代初期在中国南方海岸滩涂上曾经生长着大片茂密的红树林，但是后来几十年间由于过度开发，红树林在中国已成稀罕。为了保护海堤，又从国外引进大米草，大米草以疯狂的速度围困红树林，霸占浅海滩涂，滩涂变成了荒草地，浅海生物流离失所，人类望草兴叹。

一个偶然的机会我接近了红树林。海这时退远了，滩涂黑淤淤的难看，红树林却尽情地抖开满身的春意，绿的叶、黄的花这里一蓬那里一排，满目里便生机盎然。我拜谒般地向前走去，走向这自然界新奇的景致。这时，我看到红树林下纵横的潮沟，潮沟间布满大大小小的洞穴，蟛蜞从洞中横行而出，弹涂鱼在洞口伸缩，蛤蚌张开漂亮的贝壳展示粉嫩的身子，一只刚出洞的螳螂虾驮着一片红树林的落叶在悠悠爬行。春天温和的阳光正照耀着这里，咸涩的海风轻轻地吹，红树林的叶子轻轻地摇，黄色的花缀满枝头，有蜜蜂在嘤嘤嗡嗡。这俨然是一座村庄，海洋生物的村庄，一切都是懒洋洋的，荡漾着安宁祥和。

几个穿花色衣裳的女孩绑着腰篓在拾贝抓蟹，穿行于红树林间，她们闪现的身影使这闲适的画面有了动感，有了人间烟火味。一位老者坐在海堤上，他用一种特殊的钓钩在钩滩涂上的弹涂鱼。他手中的钓钩仿佛长了眼睛，手举钩落，神奇地搭上一只机敏的弹涂鱼，然后迅捷地收线回拉取鱼，动作一气呵成，令人惊叹。他告诉我们他从六岁就开始在这沿海滩涂钩弹涂鱼、蟛蜞，瘾上了海，一天没去就憋得慌，即使大风大雨他也要披棕衣戴斗笠到海边去坐坐，至今已有六十个年头。他是海滩历史的见证人，看着红树林消逝，大米草疯长，滩涂沦陷，他担心沿岸仅有的这片红树林也有一天会消失，他的余生便无处可去了。说话间有一只灰色的小鸟鸣叫着飞进红树林，老人急忙收线朝另一个方向抛钩，他是怕打扰鸟的安宁。这时我看到红树林顶上有一个枝草搭成的鸟巢，原来红树林还是候鸟的越冬场地。

我怀着膜拜的心情走向红树林，带着礼赞的激情离开红树林。这海岸湿地唯一的木本植物把天空、海洋、陆地的动物维系在了一起，候鸟有了家，海洋生物有了嬉戏场，人类因此而广阔丰富了。

中国人崇尚红、膜拜红，我理解了这海滩绿树为什么会有一个这么美丽的名字。记得一篇报道中说，中国工程院院士、厦门大学生命科学学院教授林鹏，多年潜心于红树林研究，他呼吁人类为了自己的生存空间应当加大对红树林的恢复力度。我想，当红树林红遍天涯海角时，世界就更加广阔更加美丽了。

2003 年

看云起云散

　　乡居友人突然挂电话来，嘱我尽快去观赏西边天际的"浮云舒五色"。急开门至阳台，却只能看到高楼夹出的一小块无云的天空。我不禁想起梁朝被人称作"山中宰相"的陶弘景的一首诗："山中何所有，岭上多白云。只可自怡悦，不堪持寄君。"

　　我的朋友当然不是有宰相不当甘居山中，而是为生计在山村以教书为业，因此他也享尽了"白云处处常随君"的闲情逸趣；而我却有许多时年未得静心看云了。观云首先得有云，云起于青山起于绿水，我如今是抬头不见山低头自来水，连头上的一小块仅有的天空也不再明净，何处招得云来？其次得有闲心静意，我俗人俗事忙得像陀螺，偶有下乡来去，即便遇云也视而不见，何得观赏。

　　感谢友人尚未将我看俗，居然邀我看云，勾起我许多关于云的记忆：那夏云"如峰如火复如锦"，那春云"溶溶曳曳自舒张"，那秋云如絮冬云如褥，都带给我童年诸般色彩。我家前门是原野，后门是小溪。夏日里，兄弟几人常伫立麦地，看西山头雷云骤起，如峰如浪，峰浪相逐，漫向天际。我们便与雷云赛跑，赶在暴雨前躲进家门。待雷住雨歇，我们又踏着洼洼积水看云薄云散，袅娜成姿。秋日里，我们更多的是躺进地瓜园，望西天绚丽的晚霞变幻，听蜜蜂从耳边唱过，看蜻蜓在空中画线，还有轻捷的麻雀一跃一跃飞向远处。最盼望的是冬日下雪，如棉褥的云低低压着，雪花从云中隐出，纷纷扬扬，飘飘洒洒，天地混沌成一片，我们奔跑雀跃，与天地同乐，让眉毛头发变得像雪花一样洁白。最富意韵的当数春晨走向溪边，熹微中云低树高，氤氤氲氲，凝然如画；一阵轻风，云动水面，如烟如絮，若有若无，你真会进入"住山不记年，看云即是仙"的境界。

现在想来，自己俗人俗忙，但俗心中仍有一隙灵动，不至于俗不可耐，是应当归功于少时山野云气的熏陶。谁说过"不可居无竹"，我蓦然想说一句：人不可不观云。

云是中国文化一个重要的象征意象，在漫长的文化历史中被赋予了丰富的喻义。春秋战国时期儒家就把"行云施雨，品物流行"作为贤人君子济世品德的象征。汉魏之际，浮云开始成了漂泊无定的游子的象征体，故游子又称浮客。此后百年"浮云"不断被诗人用以比喻游子四海漂泊和描写人生流离失所，李白的"浮云游子意，落日故人情"是对这一象征关系最好的概括。云最主要的特征是有形无根，自由无羁，飘忽幻变，高洁脱俗，它在古典文化中的象征意象也主要是从以上这几方面展开。道教神仙学说取其为仙之车御、踪迹和居停之境，如郭璞的"神仙排云出"、鲍照的"风餐委松卧，飘忽乘云游"，便是借云这一形象来寄托道人凌虚蹈空、遐举飞升的幻想。隐士僧人则更取云之自由逍遥、高洁脱俗之意，如自号莲社居士的张抡的"幽人心已与云闲，逍遥自在谁能累"，辞官躬耕隐居的陶渊明的"云无心以出岫，鸟倦飞而知还"，受戒出家的皎然的"洁白不由阴雨积，高明肯共杂烟重"均借云表达一种超凡脱俗的思想意念。笃信佛教的王维的"行到水穷处，坐看云起时"，更寓含着穷与通、空与有、生与灭相离相生的深厚禅意。

象征毕竟只取云之特征意象，给人的是一种理性的感知。其实云作为一种自然景观，其形状、色彩和动态均呈示着丰富的美，早在《诗经》中就有"英英白云""兴、云祁祁"等赞云之美好的诗句。六朝后期出现的咏物诗开始了对云进行专题的形象的描写，此后路行、登临之际的览景写云

之作不断丰富，诗人从不同角度不同方面抒写云的形、姿、色，逐步累积成写云之作的大宗，留下许多脍炙人口的诗篇。查慎行善写云，他的"滔滔滚滚浩浩然，浑沌何处分坤乾"两句写云的壮阔浩荡之势、苍茫如海之态真是令人叹为观止。写云之轻盈飘忽当推李石的"才泊春衫，却被风吹去"，诗人仅此两句就把云那一飘忽迷人的姿态描绘得真切感怀，给人无尽的想象空间。"采芝何处未归来，白云满地无人扫。"（魏野《寻隐者不遇》）更是神来之笔。白云何以要人扫，作者既写出白云的自然，更表现了隐者居处的幽寂缥缈。古人写云更多见于以云写人，云中寄情，如李邕的"散作五般色，凝为一段愁"，李煜的"裁云为我衣，推山作我凡"，或将惨淡的云比作人的愁颜，或借云表达诗人豪迈气概，写景之余别有心思。

　　云给人的是丰富多面的审美情趣，所以人不可不观云。云具有灵气，光秃的山、污浊的水、污染的天空不会生云。云属于忙里偷闲的人们，属于透明纯真的心灵，属于高洁无瑕的灵魂。写至于此，我想起北宋郭熙有关云的论述："山以水为血脉，以草为毛发，以烟云为神彩。故山得水而活，得草木而华，得烟云而秀媚。""山无烟云，如春无花草，山无云则不秀。"若把此说中的"山"字换作"城市"，又将如何？

1998 年

等待草长燕飞

农历四月天，天蓝得含绿，草绿得流汁，水流潺涓，莺歌燕舞。在这春最深的时节，久处城里的我常会想起童年家乡溪畔这幅画面，心里便寞寞的。

妻子这年春天调到我身边工作，书房外的凉台便多了春意，杜鹃红、海棠密、绣球摇滚，偶尔还飞来蝴蝶蜜蜂。农历四月里的一个星期天，居然飞来几只燕子留在凉台雨披下的衣架上左瞧右看，唧唧呢喃着，似乎在商量着什么。我正坐在书桌前，惊异地轻轻抬起头，睒着眼窥视，唯恐过重的目光惊飞它们。多少年了，没有这么近地观赏过自由的飞鸟族。它黑亮的羽毛如水像风流泻着大自然的灵动，同凉台护栏上的红花绿叶辉映；它剪动的尾翼顾盼的颈额如笛音似舞步跳动着春的韵律，我如醉如痴仿佛回到故乡老屋。尽管我阻止了任何声响，但燕子终究还是飞走了，留给我对遥远童年长长的回忆。

第二天下班回来，母亲高兴地说，快去看燕子在凉台做巢。这是真的吗？我看过一本书，书里说鸟类中唯有燕子与人共居一屋，但随着房屋拆迁改造，燕子渐渐远离了人类，因为燕子不会在水泥建筑里筑巢。我同妻急忙走向凉台，果然雨披洁白的水泥梁上黏结着三五粒泥土，油油地闪亮着。再低头，护栏上却密密麻麻缀满燕泥。我拾起一粒，是黄土和沙粒粘成的，用手捏不开，我知道这是燕子用唾液通过尖喙和成的。我不禁一阵心颤，这小小的燕子吐出多少唾液又飞越了多少座楼房衔来的燕泥，却无助地失落在这水泥的建筑里。又一只燕子飞来，见了我们惶遽地飞走了，我同妻急忙退进屋里，隔着书房窗玻璃窥视。燕子又飞回来，贴着雨披吐着泥土，但是又一粒燕泥沉重地失落在我的凉台上。

这燕泥几乎是敲打着我的心。我走进屋同母亲说：这燕子在水泥屋筑不成巢的。母亲说，是呀，我也想水泥太硬黏不住泥土呢，哪像咱老屋里的木头梁。结论一旦形成，我们就不再理会燕子的来去，妻子、母亲随意地在凉台上做着该做的事，我有时也对飞来的燕子吹声口哨。也许是熟识了，燕子倒也不怕我们了，仍然飞来飞去地忙碌着。

几天后，在凉台四米长的雨披梁上大概黏结着二三十处的燕泥团，各种的造型，有的C形垂下，有的V形倒挂，有的点点相连，就像一排乐谱的音符。我真搞不懂燕子的游戏，恰遇柘荣一位朋友打来电话，他是搞公路施工的，我对他说了这件事。他说，这或许是燕子在选点呢，就像我们施工时进行勘测，它应当会筑巢的。

果然如朋友所说，两天后我下班回来，看到燕子已经衔泥筑成燕窝的底部，田螺状拳头大小，从雨披的水泥梁垂挂下来。从建筑的角度说，这应当是整个燕窝的支撑点。晚上，两只燕子就相拥卧宿在这支撑点上。我想，智慧的燕子一定是用生命进行冒险来测试支撑点的承力度，妻在燕窝下的护栏上垫上纸皮布片，她担心燕子受伤。长长一夜，我同妻的担心终于多余。天亮后，来了许多燕子，动物界大概也有互相帮工，它们在我的凉台穿梭来去，到傍晚燕窝竟然完工了。我记的老家屋梁上的燕窝是弧形的，像个簸箕，而这燕窝却是扇形的，像倒挂的半个斗笠。

此后的日子，于我是那么的美丽，我有了牵挂，有了思念，有了与燕子拥有大自然的欢乐。清晨总是燕子唧唧地唤醒我，白天它们衔草衔虫在蓝天下划动着美丽的弧线，夜里又有它们温情的呢喃把我送进深深的梦乡。暑假孩子从学校回来，她是学环境工程的，我同她探讨这燕子择址筑窝的奥秘。我们阅读燕子，探讨生态环境，燕子赋予我们一家长长的话题。

2001年的夏天尽管燠热异常，令人难熬，我却希望它能漫漫无期。因为老家的燕子一到凉秋便飞走了。但秋天终于还是来了，风呼啸而过，吹来北方一阵寒比一阵的冷空气，然而燕子居然没有飞走，巢宿在羽毛杂草笼起的燕窝中，不时送来一两声轻唤。冬天了，风更冷，雨更多，在这凄风苦雨中我牵挂着燕子。风会穿透羽草吗，雨会打湿燕泥吗？在这冷寒的季节燕子会找寻到虫蛾吗？我知道动物界有动物界的生存规则，人类不能自作聪明地给予保护，我无力为其补食解寒。

牵挂着燕子，冬天显得特别漫长，我只得劝妻勤护花草，到春天时凉台上能红飞绿舞，给飞向春天的燕子一个惊喜。

我苦想着春天，而春的雷声也响得特别的早，农历十一月便有了雷动。也许春天就要来了，那时燕子将抖开包裹着的羽毛，又像一道道黑色的闪电划开我窗外的天空，又在我凉台的衣架上搔首弄姿，带给我春的灵动、春的韵律。

一样的生命，等待着一样的春天。

2002年

等待草长燕飞

寻找野茶树

　　三十多年前，同亲戚从福安走山路往支提。季节已是深春，太阳没有了暖洋洋的妩媚，一路晒得我们汗水淋淋。时间快到中午时，同行的一个女孩又饿又渴，直叫走不动，亲戚给我们鼓劲说，前面就到那罗寺了，那里可是别有一番天地。果然，树渐渐密了起来，高了起来，太阳被剪成一片一片丢落在山道上；风从林深处吹来，徐徐地却有着清凉，身上的汗渐渐干了。不经意间有流水从林密处潜出，淙淙地在石面上跳过，原木架成的桥在水上横着，有藤条从树的高处垂到桥边，亲戚说过桥时不能抓藤条，藤条会移动的。战战兢兢地过了桥，又出了一身冷汗。鸟在远远近近叫出各种好听的声音，但见不到它们的身影，拾一块小石子往林密处扔去，却像扔进大海里，无声无息，鸟依然唱着它的歌。林渐渐疏了，便有岩壁高高耸立，路边草长花香，蜂飞蝶舞，忽然岩开一窟，似狮子张口，外阔内斜，造化天成，那罗寺便建在石窟内。石窟上方有水流喷洒而下，如珠如帘，如梦如幻，真以为是到了仙界。

　　那罗寺方丈是福安人，白眉童颜，清癯精神，见到同乡十分高兴，一边吩咐安排午饭，一边用大碗给我们沏茶。沸水冲进碗里，立即腾起一股香气，却是青草的味，与家乡茶叶的醇香不同；再看泡开的茶叶，居然有两指大，叶边显锯齿状，肥厚粗重，茶水也不是青绿而是暗褐色的。人已渴极，顾不得多想，待茶稍凉，捧碗便喝，想不到这茶水比药用的龙胆草还苦，苦得我们咽下喉咙合不上嘴，那个女孩更是哇哇直叫。方丈见状说，这是野生茶，当地人叫苦茶，刚喝感觉苦，过一会儿便满口生津。这茶不仅解渴提神，还会清热去火解毒。方丈还告诉我们，野生茶只有这一带山林才有，高有数丈，得小和尚爬到树上一叶一叶采摘下来，经过杀青、发酵、炒干等多道工序制成。由此我才知道茶叶还有野生的，是长在高高的树上。

告别那罗寺方丈，我们继续向支提山走，这苦茶喝后果然满口生津。我这个亲戚对我们说，这一带山川在道教秘籍中被称为"洞天福地"，其势西北依山，东南面海，因此四季温润，常年多雾，植物种类繁多，尤其适宜野生茶树生长。我们一路从天山到霍童山再到支提山，果然山奇水秀，林深草长，风水独异，但由于那时尚不知茶之道，因此未去寻找野茶树，这成了我此后长长的遗憾。

前不久参加茶文化探源采风，知道霍童山是道教三十六洞天的"第一洞天"。这里曾经野生茶树成林，是中国茶树的古产地。由于茶具"降火、提神、消食、解毒"之功能，茶饮能静心、静神，有助于陶冶情操、去除杂念、修炼身心，符合仙家僧人"清静恬澹""内省修行"意识境界追求，所以千百年来这一带山林方士僧侣行踪不断，有说"未登霍童空寻仙，不到支提枉为僧"。采风中还听到许多流传在这一带的关于古茶树的传说，印象尤深的是"姑娘坪"野生古茶树的故事。据说这棵茶树高有十七米，径达四十厘米。传说从前有一对恋人，因为当时朝廷腐败，男青年毅然决定投入农民起义军，临行前便将一只祖传的翡翠镯子送给心爱的姑娘。男青年走后，这一带流行一种奇怪的热毒病，村里死了很多人，青年父母也染上恶疾，不治身亡。不久，又传来男青年战死沙场的噩耗，姑娘日夜手握着镯子以泪洗面，终于肝肠寸断而死。姑娘的妹妹遵照遗嘱将翡翠手镯和姐姐一起埋葬在后门山。第二年热毒病又一次暴发，姑娘的坟墓边却长起一株奇特的树，日增夜长，高达数丈，叶绿如翡翠，香飘数里，村人采下叶子熬成汤喝下，热毒病全好了。为了纪念这个姑娘，村子便更名为姑娘坪。这个悲壮的传说传递着遥远年代的人们对茶的认知和需求。

　　姑娘坪就在那罗寺那一带山间，不通公路，得走四五个小时山路，但我决计还是去探视这棵古茶树，以弥补三十多年来长长的遗憾。驱车到那罗寺，寺里一个年轻的和尚却告诉我们，姑娘坪那棵大茶树已经被砍了，只是树桩旁再长出不大的几株。我一阵失落，问关于三十年前那位白眉方丈，年轻和尚却并不知晓；再问关于苦茶，年轻和尚也摇着头，他说这一带山林的野茶树也基本被砍光了，很难再找到。"桐木经翻僧已去，珠林磬寂客还来"，我终于没能寻见野茶树，也终于没能再喝上那苦得令人合不上嘴的苦茶。

2004 年

油奈的花　油奈的果

农历二月，在海拔七百多米的屏南县是看不到花色的。山是一派萧瑟的绿；草还枯着，毫无生气地垂着头，春天的脚步在这重重的大山里迟疑着。冬天却依然从泥土地里钻出一根又一根冰柱，还让霜花铺满了树叶和草茎。茫茫霜晨里的阳光是毫无热力的，照耀在大地上也是一片没有暖色的光，偶尔有行人，手袖在厚厚的羽绒衣里，头缩在高高竖起的衣领中，迈着阔大的脚步走得急急匆匆。

汽车开得很慢，担心有霜的沥青路面打滑。转过一道弯，我们全都惊讶了，在远处的山坳坡坎，铺开了一片又一片茫茫的白，仿佛是晴空下停伫的白云，又仿佛是未曾融化的积雪。居然有果树在这霜天冻土中开放出这番浪漫，我们决计去看看。汽车在泥路上艰难地行走了一阵，终于走不动了。我们下了车，寒冷顿时裹住我们，不禁打了个寒战，全都缩起了头。冻结的泥路面这时开始融化了，脚踩下去便泥泞泞的，皮鞋全都成了土鞋。屏南的同志教我们要踩着那还有冰柱的地方，那土还是硬的，便不粘鞋，看他的鞋果然就干净多了。爬过一道坡，我们走近了油奈林。一棵棵的油奈树向上挺起褐色的枝干，没有绿叶，却绽放着一簇簇的白花。油奈花的花瓣很粗糙，厚而不粉嫩，如果把李花瓣比作丝绸，它便是粗布裳，不让人娇爱和怜惜。这花总是几朵，甚至几十朵簇拥在一起绽放，于是一团一团的，显得十分热闹，也许是因为天太冷了，挤在一起便有了温暖。常言说，一朵花结一个果，那么这么多挤挤的花，该怎么长出果呢？屏南的同志告诉我们，自然界优胜劣汰，你到夏天再来看油柰果吧。

我吃过油柰果，当时就感到很稀奇。它既有桃子妩媚的外形，又富李子质朴的色泽，吃起来脆脆的，带有水蜜桃的甜却又不那么浓，含有李子的酸但不软牙，因此多吃不腻。

夏天里，我又一次到了屏南，特地抽空去观赏那果实累累的油柰山。夏天的屏南太阳光是柔和的，气温是宜人的，遍山披绿，满目浓翠。一片片的油柰林在这万绿丛中不显眼不招摇，平平淡淡地生长着。柰树不高，大枝苍劲地横斜，小枝条却一律从大枝上挺拔而起，笔直向上，表现出攫取一份阳光一份空气的努力和倔强。果农深情地告诉我们，油柰具有其他果树少有的随和，它不择地势，坡上坎下平地都可以茁壮生长；它不论土质，只要追足基肥，黄土、黏土、黏沙土都能立足；它对护理也不苛求，只要给予简便的管理，便能开花结果。果农对油柰的偏爱溢于言表。

当我们走近了柰树，看着那掩映在绿叶中的累累柰果的姿态，我进一步理解了它随和的个性。那果子，有的围着枝头数十个长成一簇像累累的葡萄，有的在光秃的枝干挂出一排，像竹竿横挑着一盏盏灯笼；有的两个相含，亲亲密密。柰果大多娇羞地隐藏在绿叶丛中，但也会在树干甚至树的根部，孤傲地吐出一颗两颗，仿佛要告诉世人自己的随意和顽强。

油柰树不择地势土质，随意立足，茁壮生长；油柰花不娇嫩不作态，朴朴实实，敢与霜雪争艳；油柰果或簇拥或独立，表现出独有的随和与倔强。这便是得到果农偏爱的油柰性格。果农采下一个成熟的柰果递给我，它浑绿的皮质里透着澄黄，真像一块高品质的老玉。咬开柰果，我突然发现它的核心有一个奇异的空间，这是我吃过的水果不曾见到过的。我想，或许正是因为这心里空间，使柰果多了对果农的理解和亲情，让他们在简单的劳作里享受丰收的喜悦。

在这漫山遍野的油柰树林里，我产生了对人的心理空间和性格的思考。

1994 年

挂满露珠的松树林

我永远记忆那片挂满露珠的松树林。

二十多年前,我在一个山村当民办教师。山里人起得早,我也跟着早起,农人忙那一小块自留地的活,我便夹上一本唐诗或宋词,沿河边随意走随意读。有一天走远了,正是初春晴和天气,山径边芳草青青,露水盈盈,野菊花像一盏盏小油灯,野草莓像一个个红灯笼,引领着我步随心移,只往春深处去。

不知不觉竟走到村子的后门山。后门山像一个浑圆的馒头,是村子的风水山,山上生长的全是松树,有的一抱粗,有的却只有杯口大,但全部高耸挺拔,郁郁葱葱。我在远处就闻到浓浓的松香,潮湿甜润,悠悠如歌,直往心里去,引诱得人像飞向光亮的蛾蝶。松林里有雾气,淡淡的,绕着树干像轻动的羽衣霓衫。松针尖垂挂着露珠,晶莹剔透,欲滴还留,令人牵挂令人爱怜。有鸟在林的深处歌唱,悠扬婉转,真担心它的歌声太响会震落这盈盈的露珠。一只松鼠坐在松枝上,前肢一遍又一遍擦洗着绒绒的小脸,动作是那么轻柔,灵性的眼睛与露珠对语。我不敢再移动脚步,怕惊动这静谧的松林,坐到松根上,身边是一朵朵粉红的松菇,像一个个舒展的指头,伸向我,簇拥我。合上眼,轻轻呼吸,如在微醉中,心与松林拥抱。

这一天我兴奋、激动,又显得坐立不安,渴望向谁倾诉心中的感觉。晚饭后便匆匆找老阮去。老阮三十多岁,曾是县机关文字秘书,因为性格

不羁，信口开河，说了一些不利于"文化大革命"的话，被下放到这个村子劳动改造。但农民弟兄没把他当作改造对象，却认为是驻村干部，尊称他"老阮"，还让他管理村里的账目。老阮那时还是单身汉，他肩不能挑手不能提，但满腹经纶，农家谁要写封信、写副对联，或红白喜事需要帮忙，他都随叫随到，分文不取。村人便送他两斤红酒一把青菜，日子倒也过得十分惬意。村里懂文化的就我们两人，因此我们便常一起喝酒闲聊。我进他家门时，他还在独斟独饮，他给我也倒了一碗，又瞄我一眼，说，看我的样子，今天定是遇到什么高兴事。

我抿口酒，向他倾诉了我在松树林的感受。他喝了一大口酒，神秘一笑，问我这松树林像什么。我实在找不出恰当的比喻。他将酒碗一放说，像女子，你今天的感觉便是初恋的感觉。女子比喻一株树可以，怎么能比喻这整片的松林呢？我无法理喻，茫然地望着他。他又喝了口酒说，我也常在清晨月夜独自行走在这片松林，你还没接触过女人，无法感知。这松香便是女人的体香、口香，所以直往你心里去，你便如扑火的飞蛾；那松针尖的露珠便是女子的眼睛，令你怜爱，令你牵挂；那荡着松香的雾气是女人体，形似烟柔似水，绕着你缠着你，所以你似在微醉中。那么今天你的心情，渴望找人诉说，便是坠入爱河的年轻人的心态。老阮说得有滋有味，我却听得云里雾里。老阮见状便劝我喝酒，说是等我谈了恋爱就明白了。

"文化大革命"结束后，我考上了大学便离开了村子。但我一直记忆着那片挂满露珠的松树林，一直记着老阮说的那番比喻。此后，我每看到有着水灵灵眼睛的女子，眼前便会闪现那松针上垂挂着的晶莹露珠；而我每走进葱郁的树林，闻到那树叶的芳香，就会联想到美丽的女子。后来我想，老阮实际上是一个高人，能把清晨的松树林与女人联系到一起，非有顿悟是不可能的。我谈恋爱的时候，虽然没能找到老阮说的那么多感觉，但是的确闻到女友身上散发出一种类似松香的香气，潮潮润润，悠悠如歌。我入学后曾给老阮写信，他却没有回复，于是便断了联系，也不知老阮后来如何。

前不久有事到这个乡，便特地驱车往村里，希望再见那片松树林，也问问老阮的情况。二十多年了，村里变化很大，路通了，盖起了许多新房子，学校也建成了新楼房。但是当我转向后门山时，却发现那片松树林被砍伐了一片边角，边角上所植的松树还幼嫩着，就像一个美丽女子脸上的疤痕。这究竟是怎么回事呢？村里人叫我去问老阮。

老阮现在是村委会主任。他还是那么瘦，但并不显老，虽然二十多年不见了，模样仍相去不远，不过眼睛比从前更显精神。老阮见到我十分惊讶，忙叫妻子备酒、捧花生。老阮的妻子是村里人，比他小十多岁，在我入学后嫁给了他，他成了入赘女婿。我们边喝边聊，老阮便告诉我这些年的事。"文化大革命"结束后落实政策，老阮恢复了工作，又回到县城机关，妻子还在农村，他便常回村里来。有一次回来，看到驻村干部正组织村民在砍伐后门山的松树林，已经砍了两天了，他发疯似的往山上跑，声嘶力竭地呼叫着。老阮在村里很有威信，村民见到是他，全部放下了手中的刀斧钢锯。原来有一个客商，瞄上了这片松树林，便找到驻村干部，提出在村里办一个木箱厂，并无偿帮助修路，松林作为原材料供他砍伐。当时正提倡发展经济，驻村干部和村干部一商量便同意了。老阮十分气愤，立刻向县林业局报告，阻止了这场乱砍滥伐。那晚老阮坐在这块被砍得一片狼藉的林地上，抚摸着一根根树茬子，抽了一地烟头。后来他同客商商量，到林业局批了砍伐指标，对村里其他林地进行间伐，保证了客商生产用料。

我问老阮，怎么又当上村委会主任？老阮说，我那张嘴你知道，锁不住自己，在机关干事肯定不会有出息，那时刚好有政策，我便提前病退了。我这个人是在农村的命，一到农村，一看到草木，我就像奋飞的鸟，全身每一根毛孔都放松。回到村里，大家又要我当村民主任，我想人总要做一些事，便谋划种竹、种板栗，还引进良种羊、兔，现在家家户户倒是富了起来。我说，老阮你倒是在做着实实在在的事，将来村人会给你立碑的。

老阮被我一说很高兴，和我连干了三杯说，我是自己在立碑。他说，你有没有看到后门山新植的松树？那都是我一株一株种下的，等到它们长成老树，和那些松林连成一片了，那便是我的碑。死了，我就把骨灰埋在那松树下。我举杯又和老阮连干三杯，我理解了为什么老阮会把挂满露珠的松树林想象成女人，因为这片古老的松林藏着老阮深深的爱恋。在他下放村子的日子里，这片松树林给了他慰藉，给了他在机关所没有的放松和安宁。

这天，我们两人都喝得有些醉，醉眼蒙眬中我听到老阮说，大自然就是女人，生万物养人类。

2001 年

拣 溪 石

星期天给一朋友打电话，他妻子说他到溪边拣石头寻宝贝去了。我这位朋友会写诗，行为也活跃如诗，常会跳出一些非常之举。十多年前，我们都在周宁工作，他对我说经研究穆阳溪的上游有金矿，于是他动员我同他沿着周宁境内的龙亭溪峡谷，攀岩援壁，冒着生命危险敲下许多自认为是金矿石的石头，其结果当然是无获而终。今天他又想要在溪滩的石头堆里寻出什么宝贝？

我的故乡也有一片卵石累累的溪滩。记得我孩子读初二时写一篇关于故乡的作文，其中有一句：村里的孩子见多了溪边的石头，便没人去理会，石头便寂寞地躺在沙滩上。我非常欣赏她使用这"寂寞"一词。孩子写了，但她一定不会理解这"寂寞"中所蕴含的沧桑和无奈。千百年的风雨阳光从溪石身上默默走过，无数次洪峰或许会推动它迁移了几许位置，但它还是寂寞地躺着，依着地看着天听着流水单一的声音。秀溪滩上的石头也许因为我朋友而不再寂寞了吧？

已经进入夏季，太阳在天上灿烂出一片辉煌和炎热。我走下汽车，远远看到秀溪那片沙滩，累累的卵石闪着灼灼的白光，一个瘦小的身子在白光里弓成一座雕塑。这就是我的朋友，豆大的汗珠涌动在他的头上、背上，滴落到脚下，直到我走到他身边叫了一声，他才惊讶地抬起头，眼神还凝思着，仿佛尚未从遥远的地方归来。见到是我，很高兴，递给一支烟，

自己也点上一支，深深地吸上一口，然后把手上那块石头递给我。这块石头有巴掌大，椭圆形，褐色的，上面纵横着深深浅浅的纹路，像一个婴儿或者更像一个老人的脸。

"你从这块石头看出什么?"朋友问。"像人的脸!"我说。"应当看出岁月，从婴儿到老人，这是时间流动的印痕。"朋友校正我的说法，又深深吸了口烟："这块石头已经风化脆弱了，就像枯枝，轻轻摔到地上就会裂开。但它曾经是坚实的，生命就是这样。"

"你妻子说你去寻宝贝，真是说对了。"我不能不佩服我的诗人朋友面对平常事物闪烁出的智慧。

朋友不置可否地一笑，又从兜里掏出一块像鞋垫似的石头。这块石头青绿色，薄薄的，显得粗糙而原始。"这是一块右脚的鞋底，我相信大自然的造化，既然有右脚，一定还有一只左脚的。"朋友扔掉烟蒂，"你也帮助寻找，一定要找到它。"

面对痴痴迷迷的朋友，我无法拒绝。这夏日阳光下的石头滩像一块烤板，我会变成一只烤虾，我想。我朝与朋友相背的方向走，汗珠在石头上发出滋滋的响声。溪石有圆有方有厚有薄，有说不出的样子和颜色。我走着走着，竟进入了一个五彩缤纷奇异无比的世界。没有了炎热，只有不断翻动溪石往前寻找的欲望。不知怎么回事，在溪滩上兜着圈，我们居然又相会了。这时的太阳已挂到西山头，柔和的金色撒在溪面上，溪水泛起一条浓重的光带。我们都没能找到另一只"鞋底"，但我们都满足地微笑着。

我不禁想起一个女士对我说过的一个回忆。她说她烦透了都市生活，休假两天不是打麻将就是聚在一起喝酒，过了今天不知道明天为什么。她真留恋山村执教的日子，有一次上山采野花，那漫山遍野摇曳的花朵，争奇斗艳，她采了这朵又看上那朵，不知翻过几道坡，结果迷路了。她告诉我这个回忆时，眼睛荡动着憧憬和陶醉。

我从口袋里掏出拾到的一块块石头在金色的溪水里濯洗，浸水的溪石更漂亮了。我想，我这时的眼睛一定也荡动着她眼中的憧憬和陶醉。

我一定要告诉她我今天的故事。

2000 年

溪 洲 落 花

汽车沿着泛绿的溪流在山间公路上奔跑。

阳春季节的山花烂漫已成过去，大自然一派单纯的绿色。但绿得并不单调，有浓有淡，有深有浅，在汽车的行进中就像起伏的音符，我们要去的是这条溪流上的一个小洲。车驶近前，隔岸看小洲也是一片绿茵。如果把溪流比作绿绸带，小洲就是绸带上一块刻意的刺绣。洲上满是茶树，新芽嫩绿，老叶苍翠，绿意参差。那一垄一垄的茶园成弧形起伏远去，像大海的波涌，又似琴弦的颤动。我们一行弃车登船踏上小洲，年轻人一上岸便欢呼着追逐这绿色的波浪去了。

我却意外地发现远处有几棵花树。树高有两丈余，树冠阔大，展开的枝丫托起一丛又一丛白色的花，远远看去仿佛绕树停伫着一片片白云，如此的伟岸而又雄浑。我历来喜爱白色的花，记得年少时家后园里有株白梅，开花时节一放学回家我就绕着花儿转。一个春寒料峭的清晨，起床走向白梅，竟然满地花白，依恋在枝头的一只两只残瓣在寒风中战栗，就像婴儿张出小手呼唤母亲，我心痛不已。长大后读到"欲开先为落时愁""零落成泥碾作尘，只有香如故""人面不知何处去，桃花依旧笑春风"等诗句，总会想起那雨中的落梅，心与诗人共鸣。

我向花树走去。树的近旁有一采茶女，便向她探问树名，她告诉我是油桐树。我便开玩笑说：这高树的花大概是不会落的。采茶女瞠目了：花不

落种来干啥？花落了才会长籽，籽实了采下来榨成油才可以卖到钱。采茶女说到落花是那么干脆实际，全然没有诗文上描述得缠缠绵绵。采茶女说话间便见一朵油桐花落到她近前的茶树上，仿佛花是她叫下来的。花呈五瓣，黄蕊，状似梅花，但花瓣粗厚，不粉嫩不娇羞。

采茶女朗声笑起来：你说花不落，它就落给你看。在采茶女的说笑声中又见油桐花訇然而下。这花落得干脆迅捷，没有对枝头留恋，没有在空中徘徊，就像雨点回归大地，就像春燕飞进窝巢。我仰视着这伟岸的树、雄浑的花，听着这落花掷地有声，竟然想起那满树的油桐果，想到村姑采果的欢乐。

这是一个暮春四月的傍晚，天空泛着湿润的蓝色，天上有几片不动的白云；我想如果这时我是从天上往下看，这碧绿的大地大概也像天空，油桐花便是不动的云，当花落尽了也就像云散了。是啊，茫茫宇宙间花开花落云起云散，都是一种美丽，这相异的美丽构成世界的完整。所谓"感时花溅泪""可怜片云生"，只是诗人的多情善感，采茶女是定然没有这份感觉。

同行的一个女子掐下一根草茎，拾起朵朵油桐花串成一串，然后又圈成一个没有起点没有终点的花环。采茶女见状又笑了，说吃饱了闲着不如帮助她采几片茶叶。我说等到采油桐果时我们来帮助你。

其实，不同的生活方式注定你对大自然不同的理解，这正如《红楼梦》中焦大和林黛玉，永远也想不到一块。这或许便是生活的多彩和人的丰富。

1999 年

雾中的李花

　　第二次上清泉洞，已是多年后了。清泉洞是由一块大岩石延伸而成，洞中建有寺，可听到玎琮水声，其景观还是十分独特的。但我这次重访的目的，并非探洞，而是要寻找那一片花开如雪的李树林。

　　时值初春，雾浓寒深的一个日子。这日子这天气是我有意选择的，为的是再体味那多年前的一个意境，意境里的一个姑娘。雾里寻踪，情绪绵绵，望远山隐隐约约，看近物朦朦胧胧，仿佛宣纸上宕开着浅墨，幽远而又切近。雾雨扑面不知，似乎把人也淡淡化开，我感觉自己也像雾，无声地飘动在这青山绿野，飘向那片洁白的李树花林。

　　那年前往清泉洞，也是农历二月，也是雾雨天，但那时只是想看那名闻遐迩的岩洞，因此走得很急。走到那片李树林，花事正浓，但洁白的李花全都隐约在雾中，并不起眼，我也没过多注意，匆匆拾级而上。转过一个弯，居然看到一个姑娘正在作画。姑娘穿着白色风雪衣，蓝色牛仔裤，头发扎成马尾巴，发际上结满了晶莹的雾珠。大概见我走到身边，她回头轻轻颔首，然后又专心作画。她是在画李花，美工笔简略地勾画出漫漫一片，似乎只凭感觉，显得随意又娴熟。我不禁停步观赏起来。这时飘起了毛毛细雨，我撑开雨伞，一半遮自己一半遮向她和她的画。她转过头，对我浅浅一笑说：没关系的，我喜欢在小雨中画画。我这画没价值，只是画感觉，湿了就扔了。我接触过一些搞艺术的人，总是努力包装自己，对我们

外行人总会弄出个神秘的面孔，想不到这姑娘居然这么坦诚。这时我感觉她的笑也是那么单纯，浅浅的、淡淡的，像透明的水，或者更像她笔下李花的素描。你喜欢李花？我问。她仍在画，点着头说，是的，李花像桃花五瓣，但没有桃花粉作；像梅花、茉莉花洁白，但没有梅花傲气，没有茉莉花浓郁，它平常得经常被人忽略。

是呀，我也忽略了李花。顺着她的目光望去，那脚下一片李树铁似的枝干上，成双成对地绽开着洁白的花，在淡淡的迷雾中，水灵灵地铺展开去，像一片凝固的浪花，像一片皑皑的白雪，不争春，不斗艳，也不浓香异味吸引路人。不知怎么的，我居然把这姑娘与李花联想起来，在潇潇的细雨中我端详着姑娘，感受她身上散发出来的清纯气息荡漾在这如雪的李树花林中。

我边回忆边慢慢往前走，没打开雨伞，有意让雾雨濡湿着自己。忽然传来说话声，转过弯就是李树林了，我加快了脚步。从石阶上下来两个女子，都穿着红衣服，其中一个女的叫了一声："看，花。"便扑向路边，弯下身子，折下了一条李枝。另一个女的张开涂抹得像要吃人的嘴巴叫着："白花，不吉利。"于是她们撕下一朵朵洁白的李花，揉碾，然后向上抛去。我的心仿佛也被揉成一团，脚也抬不动了。茫茫的雾雨中，我在心中寻找着那记忆中的姑娘。

那年是那姑娘带我上清泉洞，虽然第一次相识，但她一点也不拘谨，落落大方地与我说话。我知道了她是一个美校毕业工作两年的教师，教小学。她说她很喜欢小学教师这个职业，和孩子在一起人也永远单纯天真。我说，所以你喜欢李花。她浅浅地笑了，脸上荡动着一片纯真。到了清泉洞，那里的人都与她挺熟，便要她写字，她也不推辞，浅笑着走到八仙桌边，桌子上放着纸和笔墨。她提起毛笔，一笔一画，写得很慢，十分工整。她对我说，她刚学毛笔字，农村人就看工整，都逼她写，她也就当作练字。她说，你是城里来的，可别见笑。她的毛笔字确实是刚起步，字还没入体，但她不作态，不卖弄，坦坦诚诚，在这粉饰太多的世上，这姑娘是多么的清纯。我要她也给我写一幅，她倒是有些不好意思地吐着舌头，犹豫着。我说，那就在你起先画的李花下题一行字送我做个纪念吧。她点点头，展开那张素描，写下"自然便是美"，落款"李花"。

我没有询问李花是否是她的真名，但是每当我打开这幅字画，眼前总会展现一片茫茫雾雨中如雪的李花，还有一个如水一样透明的姑娘。多年过去了，我依然追寻着这雾，这花，还有这姑娘。

雾雨潇潇，洁白的李花静静地开放在枝头，那两个女子已经走远了，我慢慢地向清泉洞走去……

1997 年

蛙 声

　　小时候农村是寂寞的，没有电，点的是豆粒大的煤油灯，一入夜，特别是冬夜，人们早早就窝到床上，山村便一片沉寂。当青蛙鸣叫的季节到来，山村便开始热闹，夜晚也不再寂寞，这里"咕咕"两声，那边"哇哇"一片，叫声有远有近，有起有落，耐着心静静地听，便能听出许多情趣。我喜欢月夜里，独自坐在田塘边，笼着月光，听取蛙声阵阵，任思绪随蛙声起落，天上人间。

　　但蛙声曾经令我胆战心惊，那是一个邮递姑娘留给我的记忆。回乡劳动的日子，有一阵运土，我也要拉板车。我个小体弱，拉车的吃力状是可想而知的。有一次车拉得太重，不小心一个轮子滑进泥坑里，我劲使得面红耳赤也拉不上来。忽然传来一阵咯咯的笑声，我回头一看，是一个姑娘，便没好气地说："别人落难，你还笑？"她说："不笑，你叫我去哭？"我无话，又埋头使劲。这次她没笑了，走过来帮助我推，她倒有好大劲，一用力车轮便出了沟。我歇下车想谢她，她却又咯咯笑起来。原来她帮助我推车时，一只脚插进泥坑里，弄得泥泥的。她只有十七八岁，脸圆圆的，眼睛不大，弯弯的，即使她不笑时，看上去也像在发笑；笑起来更是充满青春的活力，很感染人。她踢踏着拖鞋到水沟洗，又对我说她是邮递员，补员到父亲的单位。她说话的速度很快，一串串跳出来，夹着阵阵笑声，使我想起片片蛙声。

她专送这条邮路，我常有同学信来，她都会专程送到我手上，我们便经常一起聊话。熟悉后，我称她野玫瑰，她似乎很乐意。她确实很野，送邮时常常穿拖鞋、卷裤管，皮肤又晒得黝黑，像个小男孩。不过有一次黄昏，她向我走来时，穿着一套棕色的衣裙，衬着黝黑的皮肤、丰腴的身材，在夕阳的余光下，就像贴金的雕塑。别看她性格野，这时走路却款款的，很是婀娜。她走到我面前，我还在奇异地望着她。她又咯咯地笑起来，恢复了野性，而且眯起眼咬住唇双手捏住拳头向我晃着，大概是抗议我如此怪异地瞧着她。

　　有一次她又送邮到我村子，一路都是她的笑声，我对她说，听她笑就会想起那片片蛙声。她偏着头想了想又自顾自地笑起来，然后颇神秘地说："晚上我带你去听蛙声！"

　　那是一个没有月亮的夏夜，我们在灿烂的星光下沿着原野隐约的小径走，一路蛙声远远近近。她在前面领着路，居然走进一条长长的峡谷。峡谷两边的山高拔峻峭，天空被挤成条状，于是峡谷像一条幽长的隧道。我向来胆小，这时便有些胆怯，往里走时，因为有了动静，蛙声霎时停歇了，只剩下我们"咚咚"的脚步声响在这无边的晦暗和静寂中，心不禁怦怦地跳起来。向前走了一段路，邮递姑娘忽然叫我停住脚步，继而小声而又神秘地对我说："现在你听……"我紧张得手心出汗。大概几秒钟的静默，霎时一片"哇哇"声从天而降，像骤雨似雷鸣，整个山谷都在震荡，我惊叫了一声。她咯咯地笑得前仰后合，然后猛跺几脚，蛙声便又停歇了。

　　走出峡谷后，她对我说，投递途中耽搁了，常夜里走这条峡谷。第一次经过这里时原本是一片蛙声，因为人走动的脚步响，蛙声顿时歇住，峡谷黑漆漆的，手电光只照出小小的一圈亮，很是恐怖，可是当她害怕地停住脚步观望时，一片蛙声却从天而降，使她吓得大叫起来，拔腿便跑。她又说，我是女孩，害怕正常；你一个男的不应当被吓成这样，这会没出息的。

此后，我倒真的多次独自走向这峡谷听取这恐怖的蛙声，也许真是想让自己有出息起来，男子汉起来。后来我便离开了农村，离开了这邮递姑娘。再后来我读到一本描写吉普赛姑娘的书，许多性格细节居然与这邮递姑娘十分相似。吉普赛姑娘说"生活便是流浪"，我至今也再没见到这个邮递姑娘，也不知道她"流浪"向何方了。

但是，每听到蛙声，我就会想起这个野性的女孩。

1996 年

带我去看海

十几年前，我在一个离海很远的山区镇工作。有一次下乡驻村到一个偏僻的自然村，这个村子四面环山，很少水田，坡地上种满了地瓜，几十座土木结构的房屋挤在山的边地上。我借宿的房东是生产队队长，他有三个女儿，都长得清清秀秀，穿戴也整洁，不像是农家女。大女儿那时大概是九岁，读三年级，一放学回家就抱上一本书看，那本书已被她翻得卷起了边。我很喜欢看她读书的样子，偏着头，眯着眼，长长的睫毛掩遮着美丽的大眼睛，神情十分专注。熟悉了以后，有一天她问我："叔叔，海是什么样子？"我那时其实也没到过真正的大海，只是在厦门海滨看过海，便回答她："海非常非常大，蓝蓝的，就像天空一样。船在海上就像天上的月亮。"她抬头从天井望着傍晚的天空沉思着，过了一阵突然转头对我说："叔叔，等我长大了，你能带我去看海吗？"我肯定地对她说："等你长大了，叔叔一定带你去看海。"

这晚，我坐在房间看书，天黑透时房东敲开我的房门，手上拿着两个烤得黑黑的才拳头大的地瓜。他的女儿羞怯怯地跟在他身后，小脸被烟火熏得黑乎乎的。房东说："小芳听你说会带她去看海，高兴得跑到地里挖出两个没成熟的地瓜，用茅草烧烤成这样，给你当点心。"我接过这两个小小的滚烫的地瓜，感动得不知说什么好。

回镇后，我买了一本关于海的童话书寄给她。不久我便调到县上工作，渐渐忘却了对一个小女孩的承诺。

时间过去了好几年，有一次我陪一位领导到这个镇的中学视察。在操场上，校长边走边向领导汇报，我便有意退到后面随意漫步，看着操场上奔跑嬉戏的学生，操场边依依的柳条，追忆在这镇里度过的时光。忽然一个戴着红领巾的姑娘跑到我面前，她长得苗苗条条，红红润润，有一双大眼睛和长长的睫毛。"叔叔，你忘了我？"我确实想不起她是谁，因为我在这个镇里工作不到一年，无亲无故的。"你答应带我去看海，你忘了？"

那一时，我自责乃至羞惭。我想起那两个烤得热乎乎香喷喷的地瓜，想起那双期盼而又信任的眼睛。我用手抚着她的头发，说："你是小芳，明天我专程下来，带你去看海。"她高兴了，却又摇着头说："没忘了就好，等我长大了你再带我去。你送我的那本书里的女孩是用智慧征服大海，我也要读很多很多书，然后再去看海。叔叔，你可别又忘了。"她说完向我行了个队礼，便朝她的同学跑去。

回县城后我又给她寄了好几本有关海的书，记得在其中一本书的扉页上给她写了一行字：海是阔大的，人生也是阔大的；海的阔大在于无限容纳，人生的阔大则需要知识去拓展。后来我出版了一本散文集子，也专门送一本到学校给她。那时她已读高中，出落成了一个楚楚动人的大姑娘，在我面前没有了儿时的随便，也没再说看海的事。后来我调到市里工作，时间和距离又渐渐淡化了这遥远的承诺。

前不久一个晴朗的星期天，风和日丽的，我沿着一条僻静的林荫小道怡然自得地漫步。人最轻松的状态，莫过于漫无目标地走在路上，不瞻前也不顾后，可以看啥也可以什么都不看。正悠闲着，却隐约感到有人面对我站住了。这是一个端庄得令人必须整肃身子端详的女性，她穿着深棕色的上衣和套裙，挺挺的身材，匀称的脸上有一双美丽的大眼睛，还有长长的睫毛。如果走在熙熙攘攘的人流中，她也许并不显眼，但是当她独立在你面前时那楚楚之态折射出来的冷傲娴穆，不能不使人像面对一团被冰裹住的火焰，近而不能，退而难舍。有谁说过，对女人看一眼是君子，看第二眼便是小人。我收回目光，低下头准备走开。"你又忘了我?"她说。"你是?"我再一次望向她，不禁惊讶地发问，"你是小芳?"

她高兴地笑了："还记得对我的承诺吗?"

"带你去看海?"我脱口而出。

"是呀，什么时候?"她偏着头。

"就现在!"我果断地回答。这一半因为今天是一个悠闲的星期天，另一半或许是因为这意外的再见带来的惊奇。她以浅笑赞同我的决定。我挥手拦下一辆的士，打开后座的车门，她猫腰坐了进去，我坐到前排。仿佛早已相约，汽车毫不迟疑地朝远处的港口驰去。

车上我告诉她，我常回味她给我烤的那两个热烫烫的地瓜。她对我说，她时常翻我那本散文集子，觉得我的散文像苏州园林，很美，很有情趣。她猜想我一定是一个感情细腻的男子，一定不会忘记自己的承诺，总有一天会带她去看海。

我笑着说："文如人，你还推算得准确。"

她又说："不过，我觉得男人更应当去写小说，因为小说具有阔大的包容性，像海。"

我很惊讶于她会说出这样的话，也许她是对的。不禁想起几年前在送她的书扉页上的赠言，便问："你人生的海拓展得如何?"

"只是长大了，也读了些书，有了一份职业，可以去看海了而已。"她自嘲着。

说话间便到了海边。我准备租一部照相机，给她拍几张以海为背景的照片做纪念。她阻止了我，她说，这里是海湾，她要去看真正的大海。

于是，我们租了一艘小快艇，朝港湾出口处飞驰而去。可是，才过了二十分钟，她便开始晕船呕吐，我对开快艇的中年男子说："停下，掉头，慢慢开回去。"

她居然生气了："你没有征求我的意见，你不尊重我。开，按刚才的速度往前开！"

　　面对这分量沉重的话语，我不敢再说什么，只能一筹莫展地看她吐得翻江倒海，最后像一页白纸在轻轻扇动着。我把心提在手上，我后悔答应带她出海。也许上天垂怜于她的执着，外海居然也无波无浪，一平如砥。听说到了真正的大海，她跳了起来，扑到驾驶舱舷，贪婪地凝望着。

　　海蓝蓝的，拱成一个圆，快艇像一个蛋壳漂浮在一个圆弧上。海风撩起她的长发，她苍白的脸上那双眼睛显得更黑更大，贪婪地遥望着，似乎要穿透一个遥远的梦，感悟这真真切切的大海。

　　她终于累了，回舱里把头靠在椅背上，闭上眼，便不再说话。回程中我叫那位中年人低速行驶，中年人感慨地对我说："这女孩真不简单，以后会成大业。"他说，他在这海上见到来玩的女孩，不是无事作娇惊呼，就是吐两口就大叫停船，真没见过吐出命来还要往前开的。

　　中年人的感慨在我的脑海串起了她的童年、少年和今天，这是一条从大山走向大海的人生之链。不容我更多思考，小艇已靠岸了。上岸后她十分兴奋，却又显得遗憾地说："只是没见到大海的波涛汹涌。"我没好气地说："你不要命，我可要命。我担心得都要精神崩溃了，还波涛汹涌！"她咯咯笑了起来，然后对我调侃道："看来你只能写苏州园林式的散文，写不出大小说。"

　　也许她一言中的，我无言以对。我至今还不清楚她的职业，她的生活；其实又何必知道，不是有谁说过"性格就是命运"。

　　那么，我，是否该试着去写一部小说？

2001 年

白玉兰树下的书香

　　教室的窗外有一排白玉兰树，每到夏天满树花白，馨香浓郁。我不大喜欢白玉兰的花香，它香得过浓，浓得撩人。但我喜欢白玉兰树，它肥厚的叶子不招摇不张扬，它挺直的枝干不多姿不作态，它在窗外安安静静地生长着，给人一片荫翳一片宁静。

　　我是恢复高考的第二年考进师专的。那时在校园的白玉兰树下总是坐满了捧书苦读的身影，处处飘荡着书香。一个星期天，我在学校图书馆借到一本介绍达·芬奇的书，回到教室，找个临窗的位置坐下来，窗外的白玉兰树正绿叶葱郁。我心情激动地打开书页，多年前在阅读外国文学作品时就知道蒙娜丽莎迷人的微笑，在"文化大革命"期间一直无法看到达·芬奇的这幅画作，我渴望了十年。现在终于看到了蒙娜丽莎，我凝视着，我慢慢地走进她的微笑。这震惊世界的微笑，像那条莫斯科郊外的静静的小河，一涓一涓流进我的心底；又似窗外白玉兰叶片间流动着的阳光，一缕一缕编织我神秘的梦。这时窗外飞进一只蝴蝶，白色的翅膀舒缓地翕张着，在我的书页上，在我的眼前，然后静静地落在书的一角，一动也不动。一种从未有过的祥和安静从我心中浮起，我仿佛能听到自己灵魂的声音。我靠到椅背上，轻轻地合上眼，眼前闪开一片绿色的草地，草地上有星星点点的小花，月光静静地流淌着，风儿轻轻地吹着……

　　后来回想起来，蒙娜丽莎映照在我心灵中的，不仅仅是她迷人的微笑，而是她每个细节共同构成的祥和、悠远、静穆的境界。她脸部表情的淡雅悠然恬静，与随意叠放的圆润的双手呼应出一种母性的雍容、端庄、安详；还有低垂的长发，暗褐色的外衣，接近土地原色的没有任何装饰物的脖颈，背景中的树林、流水、弯弯的小路，无不唤醒我心中遥远的安宁。这无疑是一个婴儿拥着的母亲的怀抱。

在我老家的厨房后面，父亲也种了一棵白玉兰树，可惜由于阳光不足没长高大。但是每当我走近它，心中便会映现出 1978 年那个春日白玉兰树下的"蒙娜丽莎"，便有了安静，便仿佛听到儿时母亲的呼唤，我便会回到大厅拿起母亲刚泡上的一杯清茶，继续读我的书。

前不久，我一个爱热闹的朋友组织了几个男男女女去野炊，也叫上我。我的性情不尚热闹，对大人野炊更提不起兴致，但听说那条小溪的岸边有一片白玉兰树，便欣然同行了。

这里景致确实美丽，溪水不动凝成一条碧绿的绸带，水畔碧草卵石，岸边老树新竹，又有那一株株的白玉兰树，更多了一分遥远的亲近。我自选项目拾干柴，为的是捡拾中能悠闲自得乐在山水中。这时，我看到一块儿来的女子中有一个也在那边拾干柴，她也不时地驻足看山看水。这女子二十八九岁，我早先在车上就注意到她，同来的几个女子都有描眉画眼涂口红，唯有她清清纯纯，不着一处化妆，从手到脖颈也全无饰物。车上大家热热闹闹说话，也唯有她几乎缄默无语。我喜欢安静清纯的女子，于是不免对她多看几眼，看她捡拾柴草时的怡然散漫。大家很快就弄成吃的，放置到塑料纸上，打开啤酒，热热闹闹地吃喝起来。那个安静的女子也喝酒，但她不显热闹，敬我酒时只是举杯看我一眼，淡淡一笑，然后一口喝干，不似其他几个女的叽叽喳喳地劝酒说话。喝了几杯酒，又是中午，我便想睡，他们打牌去了，我走到一棵白玉兰树荫下，依着草地躺了下去。春天淡淡的风吹不动白玉兰肥厚的叶子，却吹来叶的汁液的暗香，幽幽地使人迷醉，人便笼在一片宁静的氛围中，我很快睡了过去。

醒来时，春日的风抚摸着我的脸颊，惬意地张开眼，团团绿意沁人心脾。这时，我看到左旁的草地上坐着那个安静的女子，她靠在一株白玉兰的树干上，双膝间放着一本书，手上拿着一片白玉兰树叶，用食指和拇指随意转动着。在这青山绿水碧草蓝天里，她是那么端庄典雅，娴静脱俗。我默默地凝望她。她的头发很漂亮，披散着垂在浑圆的肩膀上，与她不很美白的肤色互相映衬出一种静穆凝重。她的眼睛也很漂亮，双层的眼睑深深的，仿佛雕琢的，于是她本很平常的脸庞便显出了生动和含蓄。她的脸上没有什么表情，但抬起头思索时，便会抿住双唇，翘起的唇角便有了几分单纯、几分悠远。我眼前突然迭映出蒙娜丽莎的画像，我惊讶地坐了起来。

　　见我有声响，她偏头淡淡一笑说："打扰你了。"她把白玉兰树叶夹进书页里，合起书。这是一本装帧精美的《新月集》。"你喜欢泰戈尔？""泰戈尔我读的不多，只是喜欢《新月集》，它能把人带进儿童的新月之国里去。"她回答我说。"当你睡在妈妈的臂弯里时，天空在上面望着你，而早晨蹑手蹑脚地走到你的床跟前，吻着你的双眼。"我背诵了还能记起的一句。"风高兴地带走你踝铃的叮当。"她很快地接上一句。

　　阳光静静的，白玉兰树静静的，我们的声音也静静地远去，那边却传来打牌的喧闹声。她又低下头继续读她的书。我还是躺到草地上吧，闭上眼，在白玉兰树的荫翳里，我闻到一股淡淡的书的墨香。我又想起校园里那一排排浓郁的白玉兰树和树荫里苦读的同学的身影。

2006 年

采桃脂的女孩

　　我常会做梦，梦境中经常出现童年时的故乡和故乡里的童年。梦醒后，便有了许多快乐的回忆，便会涌动着创作的激情。有一个晚上梦见到一双清澈澄明的大眼睛，天真无邪，像绿叶，像流水，像牧歌，在市井已经好久好久没见过这样的眼睛了。醒来，追忆着这双眼睛，我又走进了童年时的故乡。

　　那是一个初夏的晌午，我拿根竹竿，在竹竿尾端卷上敲打成糊状黏性很强的蜘蛛丝，往溪边粘知了。晌午的原野灼热而宁静，我快步走向一片桃园。走进桃园时，我看见一个小女孩提着小竹篮在采桃脂，她歪着头，两个羊角辫翘翘的，很专注地在桃枝上寻找采摘。桃脂是从桃树干枝间涨出来的，一粒粒有小指头大小，橙黄透明，像琥珀一样，用水浸泡洗净后，加上调料干炒或煮汤都挺有滋味，我也挺爱吃的。但我对女孩的活不感兴趣，仍匆匆往前走，忙自己的去。到了溪边的樟树下，我很快便粘到一只黑知了，我掐去它翅膀的一半以防止它飞走，然后轻搔它的后腹，听它发出响亮的叫声。我正玩得高兴，忽然看到一双清亮的大眼睛盯着我手上的知了看，便下意识地把知了握进手心里。显然那个摘桃脂的小女孩是听到知了的叫声追过来的，她红扑扑的脸上还淌着汗，由于不断用脏手擦拭，两边脸颊黑乎乎一片。我想笑，但终于没有笑出来，因为我看到那双清纯的没有一点杂质的眼睛，正仰视着我，眼里流露出对我的仰慕和对获得知了的企盼。她大概见我紧握知了，十分沮丧，垂下眼睑；忽然她又向我举起小半篮的桃脂，很显然是想用桃脂换我的知了。我那时其实才念小学五年级，但在这双眼睛前却感觉自己是个男子汉了，于是我像大人一样揪了揪她的羊角辫，推开桃脂篮，把知了递给她。也许因为这礼物对她来说太贵重了，她或许从来没有单独拥有过一只知了，于是缩了一下脖子，惶遽地不敢伸手接。当我再一次把知了坚定地递给她时，她放下了桃脂篮，双手在衣服上擦了又擦，然后向我张开白嫩的手心。当黑色的知了趴伏在她的手掌时，她抿着嘴悄悄笑了，清亮的大眼睛闪起灿烂的光辉。

可以肯定，我梦中见到的便是这双眼睛。这个采桃脂的女孩，我离开家乡后便没再见到，后来有听说她考上了一所艺术学校，毕业后分配在我现在工作的这个城市的一所中学教音乐。人海茫茫，我们竟然都无缘相遇。想不到这个梦后不久，我们居然戏剧般地再见了面。那天市里组织一场小品和舞蹈大奖赛，我们都是评委，她就坐在我旁边的座位，因为不相识，大家便没过多注意。演出中场休息时，我们都站起来往外走，座位很挤，一不小心我把茶杯碰翻了，茶水洒到了她黑色的裙子上。我正尴尬得不知怎么办好，她却回头对我一笑说：我这是黑裙子，没关系的。这时我看到她的眼睛，清澈澄明，像绿叶，像流水，像牧歌。我愣住了，一阵惊讶后脱口问：你是采桃脂的女孩？听到我的问话，她显然也很惊讶，回忆过来后竟大声叫了起来：你是粘知了的大哥哥！旁边许多人转过头，她不好意思地缩了一下脖子，那模样还是采桃脂女孩的样子；只是她已长成大人了，再也不是一个花花脸的小姑娘。她穿一件对襟上衣，长发后绑着一条花手绢，脸上没有化妆，没化妆的脸更衬托出那双大眼睛的清纯。演出就要开始，我们没有更多时间说话，回到座位后她给我写了学校名称和电话号码，热情地邀请我去做客，她说她常思念着故乡和故乡的人。思念故乡的情结，是一条扯不断的线。一个星期天我到了她学校，我走进了她的单元房。她房子的厅不大，也没怎么布置，最显眼的是一架钢琴，黑色外壳闪动着凝重的色泽。我走过去，看到钢琴盖上放着几张写满曲谱的稿纸。你会作曲？我问。学着呢，她对我缩了一下脖子说，我总是走不出故乡的美丽，走不出童年，于是就让这一情绪从曲谱中流泻出来。我终于明白了，为什么她的眼睛没有让岁月的风霜浸染，还是那么清澈透明；为什么她成熟的风韵里还保留着童真的举止。她给我泡上茶后说，那天见到你真惊讶，我长大后还常想起你给我的那只知了，仿佛还能听到手掌中知了的叫声。她又说，我写过一首《采桃脂》的曲子，弹给你听听。

她没有征求我的意见，便坐到钢琴前，提起手腕，白皙修长的手指低垂着，像一只准备展翅的白鹭，然后缓缓地落下，然后一个声音从很远很远的地方传来，舒缓的，深情的，悄悄地诉说着一个遥远的故事。故事里有小溪，有女孩，有摇动的桃枝，还有知了的叫声……

1998 年

采桃脂的女孩

荒原上的红头绳

　　我祖家的后门是一片广阔的原野。过了秋，甘蔗林的繁茂消失殆尽，这里便成了荒原。密匝匝的甘蔗头渐成黑色，未扒扫尽的蔗叶变黄，与枯草纠缠，一阵风过，满目萧瑟。如果夜里有月亮，更显凄清，从溪边森林那边常会传来各种怪叫，人说那里有狐妖。

　　很少有人走进冬天的荒原，大人更不许小孩去。荒原寂寞。但我未谋过面的姑姑却毅然扑进冬天的荒原，走向谜一样的世界。我的小姑姑一定长得美丽端庄而且十分勤劳能干，这是从我祖父的叹气和祖母的叨念以及我大姑姑的长相感觉出来的。

　　我的小姑姑消逝得像一缕烟，十分令人伤感。那年冬天盖房子，我十八岁的姑姑负责全家的洗刷，每天太阳一升起，姑姑便挑上一担衣物穿过荒原往溪边去。冬天的太阳在荒原白茫茫的霜层上推开一片寒颤颤的光。但有一天我姑姑看到一幅图画：一个壮实的男子赤身露体，挑着一担沉沉的沙子从溪边穿过荒原走来，男子身上臂上的肌肉圆圆隆起，肌肉上渗出细密的汗珠子，在阳光下闪动着温暖的光。他与我姑姑擦身而过，似乎碰撞了我姑姑，我姑姑顿时减去寒意，身上洋溢起一股热气和力量。这天姑姑在彻骨寒冷的溪水里洗刷不用拿起手到嘴边呵气，她洗得很温暖，但那个壮实的男子却像一缕烟消失了。不过我姑姑感受到撞击和力量，自那天起她敢挽起裤管涉进没膝的冰凉溪水里洗涮得十分起劲热烈。

有一天，我姑姑高兴地对我叔婆说：我最近真痛快，没有"麻烦事"来了。叔婆紧张了，问有多长时间不见了，姑姑回答叔婆有两个月了。祖母知讯后，认为姑姑因为下水洗涮湿骨致病，急忙叫祖父去请郎中。郎中是村里知名的，六十多岁，戴着老花镜，他用长长的手指长长的指甲按着我姑姑白皙的手腕。很久很久，又抬起老花镜细细地瞄着我姑姑的花容月貌。我姑姑低着头退下后，老郎中对我祖父祖母说：不用吃药了，恭喜你们要当外公外婆了。祖父手上的水烟筒抖出许多混乱的烟圈——你说的可当真？知名郎中觉得受到轻视，不屑一顾地歪过头。祖母的声音抖成米筛——我女儿可从未同家外男人来往过。郎中悻悻然站起来——我这三个指头从来没有摸错过脉。郎中要走，祖父情急挽留，并叫祖母拿出两块银圆，嘱咐郎中千万别对外说，因为我姑姑尚未出阁。郎中走后，我姑姑被严厉责问，并被祖父锁进楼上的小阁楼里。

三天后的夜里，我姑姑撕开被子做成绳索从窗口滑溜下来，由此足见姑姑的聪颖和叛逆精神。姑姑大踏步走向荒原，那天是农历十一月二十五日。

我想，那夜一定霜风凄厉，荒原上蔗叶与枯草翻卷出一片无边的萧瑟声，夹杂着各种怪响，或长或短，或高或低，令人毛骨悚然。天上一弯下弦月，很冷很暗，黯淡的光影涂抹出荒原的凄切和远处森林的狰狞。一阵风过，沙尘蔽空，月影暗摇，怪响骤烈，荒原推开层层恐怖。我姑姑走到这里，没有犹豫，没有胆怯，毅然投进荒原的怀抱，她觉得荒原比人间更温暖。我姑姑觉得荒原的凄厉没有知名郎中老花镜后的目光刺人，荒原的恐怖声没有"怀孕"两字令她战栗，荒原的肃杀没有黑阁楼可怕。我姑姑大踏步走进荒原，她的心灵她的肉体得到最大解放，我没上过学的姑姑一定会唱些民歌，她大声地唱，各种恐怖的声响为她伴奏；我姑姑也一定会舞蹈，她在神秘的月色里翻跹，凄厉的寒风为她助舞。于是我姑姑感到从来没有过的自由，她满足，她陶醉。我姑姑一定也大声责问苍天，怀孕怎么那么容易，被男子轻轻一碰就会在肚子里长出孩子；我姑姑一定也大声地呼唤那壮实的男子，她肚子里孩子的父亲，叫他勇敢地走出来，带上她去到天涯海角。也许我姑姑真的呼唤到了，在那迷蒙凄凉的荒原上她毫不犹豫地扑向他……

当我祖母发现小阁楼里我姑姑贴身内裤上一片殷红的血迹而喊冤女儿没有怀孕时，我姑姑其实正怀着少女的迷惑、"少妇"的憧憬、"母亲"的自豪，像一缕烟飘向一个没有谜底的世界，荒原上只遗下一条姑姑的红头绳。

五十多年过去了，姑姑的红头绳还带着血色的殷红……

啊，我故乡的荒原！

1994 年

桃 花 村

村子有个雅号，叫桃花村。

水蜜桃是村子的特产。溪旁坡上，房前屋后，甚至院落里，到处都是桃树。每到早春二月，村里村外便升起了一片片桃花云；每家的花瓶也会插上几枝，开得粉红灿烂。桃花的香气不如晚香玉的疯狂，也没有橘子花的大胆，她带着刚出浴少女的娇羞，暗香幽幽，扑面不知，弥漫村庄。

要领略桃花的意境，必须选择在黎明。那时，雾像浸湿的白纱，沉沉地压在那一片又一片的桃树上。仿佛湿得太重了，便从烂漫的桃花瓣流下，只在褐色的树干间萦绕。东方正吐出鱼肚白，那不愿离去的半个月亮，还垂挂在西天，放着幽微的寒光。桃林尽管朦胧，桃花却看得分明，那是一片红的云；花瓣上的露珠在月光下闪亮，像缀在红云里的星星。晨风轻轻吹来——纱带移、桃花荡、露珠动、桃枝轻摇，像一组彩色的音响飘荡在桃园的宁静里。

如果你欣赏桃花的烂漫，最好是夕阳西下时。满天红透，残阳如血，桃花尽开，万枝铺彩，天色桃花相映红。溪水是红的，炊烟是红的，村庄也是红的。

小孩子最盼望的是水蜜桃成熟的季节。走进园子，一伸手就可以拿下一个黄里透红的果子，鲜活活的。用手指尖轻轻地撕开毛茸茸的薄皮，黄澄澄的桃肉裹着水，溢着汁；轻轻吮一口，鲜滴滴的桃肉溶进嘴里，滑进嗓子眼，满口生香流蜜。水蜜桃不脱核，吮完了肉，还可以在嘴里玩味一阵；然后掏出桃核，用石头敲开，捡出桃仁，积满一把后，拿到医药公司换钱，可以买自己喜欢的小刀、橡皮擦什么的。

这时节桃花村可热闹了，拉车的，挑篮的，蜂拥进村。桃花村的女人个个白嫩嫩红粉粉的，桃熟季节她们更打扮得花枝招展，进桃园帮助男人们采桃子。买桃客看桃也看人，谁家的女人俊，桃子也出树得快。曾经有个买桃客，买走了桃，也带走了一个采桃姑娘。后来他逢人便说，桃花村的姑娘连嘴里也喷着桃香。谁知道他说的是真是假?!

1991 年

跛足伯的渡口

一想起家乡的渡口，我就想起快乐的跛足伯。

在记忆中，百米宽的溪面，水静如潭，绿得泛蓝，水里有默默的山静静的树远远的天空。过客两声吆喝，回荡很远，于是从对岸的树荫下摇出一条方头木船，咿咿呀呀，搅乱了水中的远山近树和天空，渡口便有了欢声笑语。划船的是一个跛足老头，以船为家，乐天知命。他有着讲不完的故事，荤素雅俗，真真假假，咿呀声中他说得声情并茂，令你下不了船，忘了赶路。跛足伯是我邻居，无儿无小，便十分喜欢我，我常随他到船上玩，听他说我似懂非懂的故事，看大人笑得前俯后仰，我也跟着傻笑。我至今还记得一个有趣的故事。跛足伯说有一次几个女人坐他的船，叫他拐脚不叫伯，于是他偷偷把桨套脱了，提起桨说划不动了，便躺在后舱睡大觉，让船停歇在平静的溪面上，几个女人急得哇哇叫。过了很久，女人们一个个让尿憋得脸红红的。他坐起来喝道，让你们女人坐船真倒霉，尿急了也不敢撒，得打个喷嚏放松放松。于是他找来一根草叶往鼻孔里挖出一个喷嚏，然后又躺下打起鼾。女人们一听如获至宝，四处找草叶柴根，争先恐后往鼻孔里伸，结果大打喷嚏。这一喷嚏的确把尿放松了，却放松得裤子尿水淋漓，满船臊气。谁也不探究故事的真假，只是笑得喘不过气，于是木舟摇荡，满溪欢乐。

渡口也有冷清的时候，那是春耕大忙季节，男人下田，女人上山采茶，大家忙得无暇走亲上镇。跛足伯便靠着船帮打盹，等待着偶有的过客。这时节的渡口是很迷人的，两岸树木抽出新芽，绿得滴翠；溪滩长出绒绒的小草，如绸如缎；泛蓝的溪面上，常有水鸭浮动。我无事便跑到草地上打跟斗，累了便躺在嫩草上，脸贴着草尖痒痒的，看几只麻雀在草地上唧喳蹦跳，用小喙啄寻春色。困困的我有时就趴着睡过去，嘴角的口水拖得长长的，濡湿了青草叶。跛足伯见我闲得无聊，便教我钓鱼、捉虾、捕雀，还教我采草药。钓鱼我坐不住，捉虾倒是好玩，卷起裤管，涉在渡口浅浅的水里，撮起五指伸进石头洞穴，有时真会捉到一只两只。然后埋进被晒热的沙子里，过一阵子拿出来，虾壳闪着红亮亮的光泽，剥去皮，吃起来甜甜的。最令我兴奋的是捕雀，在草地上用绑了绳的木棍支起一个篾筛，在筛下撒上一撮谷子，我远远趴着紧拉绳索。麻雀来了，但很机警，左瞧右看地试探，跳一步退半步，小心翼翼地向筛下的谷子靠近。到了筛边它扬头晃脑地观察一阵，然后忽地跳进啄粒谷子便往外退，如此几次才会放心地靠近篾筛边缘大啄特啄。因此拉动绳索必须掌握好时机和方向，稍有不当便前功尽弃。捕雀的紧张和兴奋是我童年其他活动感受不到的。拔草药我不喜欢，但跛足伯却教我认识了许多药用草。这些药草常是因形起名，如蛇头青，叶子长成三角形像蛇的头部；过路蜈蚣，像蜈蚣一样一节又一节沿地面爬行生长；地下白，贴着地面蔓延，白蓬蓬的花也贴地开放。这些草药或清热解暑或去湿驱寒，对农村常见病极有疗效。记得有一种草药叫"六月雪"，长着星星点点的小白花，因长在暑天六月而得名，可以驱邪去暑。

春耕过去了，渡口又是人客匆匆，快乐的跛足伯又让渡口荡漾着欢声笑语，我又开始依在他的脚边听他说有趣的故事。

渡口最热闹的时候是黄昏。女人从四面八方涌向渡口，蹲在溪石上洗衣服，木槌扬起一片片激越的水花，说笑声打闹声荡动着女人独有的欢快。跛足伯这时也最活跃，特地让船帮往女人脚上靠，船桨向女人身上打水花，

跛足伯的渡口

103

惹得女人骂，他便开心地笑。有一次船往岸边靠时，他突然大叫：瞧哪，裤裆裂了！惊得洗衣女人忙不迭地掩裤裆，结果有的打翻木盆，有的跌进水里。知道是恶作剧后，女人大骂他是跛脚，他反而嘻嘻笑得更开心。

这都是遥远的记忆了，跛足伯前几年也去世了。如今村里忙读书的孩子大概也没有了我那悠悠的欢乐。

1995 年

关于土的记忆

一

　　会走路了，扶着门框走出了家。天是那么高，蓝蓝的；地是那么阔，黄黄的。够不着天，便俯伏在地上抓起一把泥土，咯咯笑着往前扔去，风让泥粉回头裹住小小的我，这是土第一次对我亲昵。前面有一洼水，浑浑的黄，小脚丫毫不犹豫地往里踩去，凉凉滑滑的感觉拓开母亲怀抱温暖的单调，兴奋地踩动双脚，看黄色的泥水飞溅出一朵阳光下的葵花，这是我第一次玩土。母亲在我稚嫩屁股上的几个巴掌，唤不回我对土像姑娘对花一样的迷恋。

　　从此我在土里滚打戏耍长大，土留给我许多童年的趣味。我们把疏松的黄土在石头上摔打出泥油后，泥土便变得像面粉一样柔韧，可以捏成鱼、狗、小人，用茅草火烧硬，在手掌上把玩得舍不得丢弃。最投入的当数玩"掼钵"，几个小伙伴每人抱一团泥，捏成和尚化斋用的钵状，然后用手托起，反向掼下，发出毕剥的声响，钵底的泥土便会飞起，形成一个窟窿，对手要掰出自己的一团泥填补对方的洞口。谁补给对方的土多了手上的泥土便少了谁便输了，于是斤斤计较，于是粒土必争。这时候对土的珍惜真是红了眼。

二

船过长江三峡，两岸是陡峭的岩坡，居然有人用石块在坡坎围出一个一个坑，坑里种着作物，下一棵植物的叶就抵着上一棵植物的根。我还看到一条刷在岩壁上的红标语："惜土如金！"对我们来说，土与金子之间价值的差距是多么遥远，但对于生存在这里的人们，每一抔土都意味着年复一年供给他们食的用的。我想，这里的孩子绝不会有玩土的幸运，这里的农人一定会把耕作后粘在手脚上的泥土刮回地里。看着船边浑黄的饱含着泥土的长江水滚滚东去，我陷入深深的沉思。

我想起一个朋友的说法。他说，一个人失去朋友、失去群众，那就像站在土地上自己掏空了四周的泥土，只剩下一个孤独的土墩，那是随时都会崩塌的。我欣赏这个比喻的意味深长。如果把这个比喻摆到人类与土地关系的角度思考，不是更令人胆战心惊？

三

回到故乡，我总是起得很早，夹着拖鞋，穿着短袖短裤，走在原野上，让全身每一个毛孔都尽情地张开，贪婪地吸纳这源于泥土地的清新。我看到伯伯荷锄走出家门，七十多岁的伯伯身体还十分硬朗，四十年前他响应国家号召，从一个企业回到村里种地，从此他便在故乡的土地上描画人生。他过得很富足：半座茶山、一片果园、两亩水田、几畦菜地；晚上半斤老酒，清晨一壶清茶，他觉得日子赛比神仙。去年我同弟弟回家，弟弟在乡供销社做事，已经好几个月开不出工资，回家自然忧忧戚戚。伯伯对弟弟说：人面难求，土面易得，春天一根秧，秋来一箩筐，泥土底下有黄金。扔掉那几百元工资的牵挂，回来跟伯伯一起务农。我当时颇不以为然。

现在，在这令人心旌摇荡的清晨，我感悟到伯伯话的内涵。我慢慢走向伯伯，他的那几畦长方形的菜地，指长的韭菜镶嵌在菜畦四周油油地绿；扁豆藤爬行在人字形的竹架上，像小蛤蚌一样的花透出软软的红，有几只早起的花蝴蝶在绕花蹁跹；小白菜正张开粉嫩的小口，花菜已经炫耀地吐出令人怜爱的小蕊。这是伯伯的菜园。难怪他不管刮风下雨，每个清晨傍晚总要到菜地转上一圈，他在这里追逐自己生命的颜色和丰富。

曾经有人出高价要买伯伯这块园地盖房子，伯伯拒绝了。他说：土翻过来吃一年，翻过去又吃一年，你给我的钱会吗？是的，对于高瞻远瞩的人们，土地的价值是金钱永远无法企及的。伯伯没有多少文化，但他年迈的生命就蓬勃在这朴素的认识和故乡土地上的原始劳作里。

1999 年

祖父的菜园子

祖父一辈子眷恋着土地，土地像一条绵亘的河流动在祖父的生命里。

祖父年轻时开布店，后来移交给了父亲和叔叔，他便赋闲在家。我老家的屋外是一片广袤的田野，春华秋实，四季变化，祖父晚年的身影便也常年闪动在这缤纷的田野上。祖父没有自己的土地，我们全家都是居民户，国家每月每人供给二十多斤粮食。但是，祖父春夏秋冬都与农人一起在这片土地上忙碌着，他不是播种，也不是收获，而是"收拾"：谷割了，拣遗穗；麦收了，拔麦头；花生拔了，寻落花生；地瓜挖了，掘遗地瓜。从我记事开始，六十多岁的祖父都是这样在田野上与农人一起忙碌着。

那时生产队劳动，十几二十人集中在一起劳作，休息时大家围坐在田头，抽烟闲聊，这时祖父便给他们讲三国的故事。祖父晚年耳朵聋了，因此说话声音洪亮，而且祖父讲三国不按章节，总是选最精彩的重新编排一个完整的故事，在休息时间内讲完。因此各个生产队都争相叫祖父到他们那里拣花生拾麦穗。

记得麦收季节，有一个星期六，我从镇上回家看祖父。在热辣辣的太阳下，在空旷寂寞得只剩下麦茬子的麦地上，晃动着一个孤单的身影，那就是我六十五岁的祖父。他顺着割过的麦垄，弯着腰，吃力地一把一把拔起麦头，敲去根土，然后铺晒在麦垄上；旁边还放着一个小篮子，放置拾到的麦穗。他不时地伸直身子，用拳头敲打几下腰背。当我走近祖父时，我的泪水也下来了：祖父满脸的皱纹里溢满了汗水，瘪瘪的嘴巴翕张着，喘着粗气，那嶙峋的双手粘满泥土……我为了掩饰泪迹，低下头叫了声："阿公!"

祖父见是我，高兴了，放下活带我回家去。他叫祖母给我熬麦片粥。麦片是将新麦穗撸下麦粒，放进小石磨磨成麦粒片，然后晒干。这些麦穗都是祖父拣的。祖父大概见到我的表情不对，笑着对我说："你以为祖父苦？祖父不能到地里忙活那才叫苦了。""可是你是去拾人家的东西，会被人小瞧的。"我说。祖父吧嗒吧嗒抽着水烟筒，麦片在锅里沸腾，麦秸头在灶膛里毕剥响，一股新麦的甜香弥漫了屋子。

祖父说："你是读书人，明理。土地养育我们，我们感它的恩，就要爱惜土里长出来的东西。这麦穗不捡回来，就烂在田地里，你说有多可惜。在咱村里，只有懒汉会被人瞧不起，农家人不会瞧不起劳作的人，他们都对阿公好。"现在回想起来，祖父这些朴素的道理确实深深地渗进我生命的成熟之中，我对故乡的眷恋，对土地的热爱，对农人的深情，对粮食的珍惜，对辛苦勤劳的理解，无不是源于我祖父晚年在田野上的辛苦和精神上的富足。

村里人确实对祖父很照顾。也许深感于祖父对土地的眷恋，那年调整土地时，靠近我家的那个生产队划出了三畦菜地给祖父。六十多岁的祖父那天高兴得像个孩子，他坐在菜畦边上，吧嗒吧嗒抽着水烟筒，不时地抓起一把土，紧紧地捏着，捏出泥土油油的汁液。从此祖父天天绕着这三畦菜地转，把它侍弄得像花园一样，种花菜种白菜种丝瓜，记得祖父还种过花生。挖花生那天，祖父特地托人到镇上叫我回家。我和祖父一把把撸下花生，搓去泥土，然后倒进大木盆清洗。洗好花生便倒进锅里，放入盐巴，祖母烧火，祖父抽水烟筒，我和堂兄弟几个便在原野上奔跑嬉戏，等着吃花生。花生煮熟了，祖父大声地叫我们回家。祖父已经咬不动花生了，他坐在一旁给我们剥，看我们一粒粒往嘴里塞。祖父见我们吃得高兴，笑开

满脸的皱纹，不断地问我们："祖父种的花生好吃不?"我们吃得来不及回答，不断地点着头。自己煮的鲜花生确实好吃，带有一股青草的甜香味，粒子又饱满，咬得满口生香。这是我吃得最舒坦的一次，过去祖父拾的花生或者邻近农家送的一斤两斤，煮后我们兄弟几人只能分到一小捧，得藏着慢慢品味。

　　这三畦菜地使祖父晚年的生活更加丰富和殷足，他浇水抓虫，锄草搭棚，自己沤垃圾烧农家肥，天天起早摸黑地忙。直到去世的前几天，他还在菜园子里忙活。祖父病重时，我一个当和尚的堂叔来看他，堂叔也会诊脉，当他见祖父脉象已弱时，便摆设五果给祖父诵经。那晚祖父要母亲扶他起来朝拜天地，他艰难地对着天井上的那片天空磕了三个头，然后躺下，含着满足的微笑，安详地闭上眼，翔天而去。祖父享年八十一岁。

　　祖父的坟墓对着那片广袤的田野。他那绵亘的笑容，融汇在我此后生命的蓬勃中。

1993 年

流淌的月亮河

四月初八是牛节

在我家乡，农历四月初八是牛节。每到这一天，天刚蒙蒙亮，村南村北就响起噼噼啪啪的鞭炮声，然后就听到牛长长的哞叫和放牛娃的歌唱。

我叔公有一头水牛，由我堂叔放牧，堂叔比我大六岁，我常随他去放牛，然后坐在牛背上悠悠地走。有一年过牛节，堂叔也带上我。这天堂叔半夜就起床，把头天割来的青草堆到坪上，让牛咀嚼，然后挂上风雨灯清扫牛栏。忙完这一切天才刚刚亮，堂叔背上柴刀、锅盆和大米，当着牛的面折断鞭子，甩得远远的，然后点燃一串鞭炮，唱着牧歌，牵牛上路，牛也兴奋地仰天长哞。这天放牛娃总要寻一块肥美僻静的草地，这叫"抢青"，抢来最新鲜的青草让牛安安静静地咀嚼享用。那次我同堂叔牵着牛，踏着晶莹的露水，走过好长的山路，我很累，堂叔却绝不让我往牛背上坐，因为这天是牛的节。最后在溪涧边找到一块茂盛的草地，经过整个春耕忙碌累红了眼的水牛，俯头便默默地啃嚼。牛吃草，我和堂叔便去林间拾干柴，然后架起石头，放上锅，烧起火熬稀粥。粥熟后，得牛先吃，平时牛是不给粮食吃的，稀粥倒在盆里，牛似乎不大习惯，堂叔便拿起盆喂，还一边用梳子梳理牛毛，清除牛虱。这时我看到牛的眼里竟放射出脉脉的濡湿的光，尾巴轻轻甩着。也许因为牛这濡湿的目光，堂叔是从来不吃牛肉的。

母亲也经常对我说，最好不要吃牛肉，村里也有很多人不吃牛肉。听村人说，牛是最有悟性的动物，牛到被拉去屠宰时，会流泪会下跪。我没见过宰牛，据说宰牛是很残酷的，得把牛眼蒙起来，然后用斧头往牛的眉宇间猛击，把牛击昏倒地后才开始屠杀。牛在屠夫拿起黑布时，往往会两眼垂泪，双膝下跪，求人念其辛劳，恕其不死，但没有听说过有刀下留情的。后来读郭沫若的《水牛赞》"任是怎样的辛劳，你都能忍耐……你有助于人，于物无害，耕耘终生，还要受人宰"的诗句，确实心里戚戚的，吃牛肉时总有一种负疚感。

西方人吃牛肉很自然，就像我们吃猪肉，因为他们的牛如我们的猪羊，就是养来供肉食的。而在中国长期的农耕社会中，牛为人类耕耘、载物，用自己的辛苦解除人们的劳累，千百年来与农人结下了不解的情谊，杀牛吃肉便显得残酷了。我曾在20世纪70年代看到过这样一个画面，在一块小小的梯田里，一个赤膊的农人把腰弯到地面，用肩膀拉着一根粗绳，绳套着一把犁，他妻子扶着。这个农人艰难地往前迈着步，豆大的汗珠从头上背上滚落下来，一小片一小片泥土在他身后翻起来。这个画面深深烙印在我的脑海里，使我深刻地理解为什么许多农人不吃牛肉。

有位诗人说，是牛用艰苦的劳作，将人类拉向富足。这正是为什么在所有的动物中唯有牛才过节。在中国不只汉族，许多少数民族都给牛过节。壮族牛节称"牛魂节"，要用艾叶给牛洗身除虱，让牛吃五色饭；布依族称"牛神节"，这天要给牛吃黑米饭；还有畲族、黎族、土家族、羌族、白族、侗族等都有各种形式的敬牛节。人们把对牛的感激之情浓缩在牛节的纪念中。

在中国有些地方还有供牛王神。牛上升为神，这除了因为牛对人类做出的很大贡献外，还因为牛具有一种精神气质。狗虽忠诚，却一副媚态；猫虽温顺，却容易叛变。唯有牛，气宇轩昂，不卑不亢，忠诚笃实，无私奉献于人类，所以人们赞扬牛"吃的是草，吐出的是力气和乳汁"。

牛确实给我们一种精神的感动。

1992 年

端午节漫忆

童年的端午节给我留下许多的记忆和怀念。

五月是整个热天的开始。有说，农历五月是毒月，五日是毒日，五日午时是毒时，此时虫蚁毒蛇开始活跃，还有妖魔鬼怪也开始猖獗，因此端午节许多习俗均与驱怪祛魔有关。儿时倒没听大人说端午节是纪念屈原，大概村里农人多搞不懂屈原是怎么回事，在依然是以农耕生活为主的农村，人们更重视的是大自然与人的关系。

家里大人——祖父祖母父亲母亲都十分认真地准备过端午节。早晨除买菜外还得准备菖蒲、艾草、椿树叶，然后扎成一束，钉在门柱上；还要买雄黄，泡雄黄酒。大人说，这些都是为了驱怪祛魔。在童年的认知中这些魔怪就是蜈蚣精、蛇精，还有没见过的鬼。现在在案桌上查资料，端午节准备这些物件是有一定象征意义的。菖蒲叶片呈剑型，有称蒲剑，可以斩千邪。有记载云："裁蒲为剑，割蓬作鞭，副以桃梗蒜头，悬于床户，皆以却鬼。"艾草代表百福，是一种可以治病的药草，插在门口，可以使身体健康。有对联云："手执艾旗招百福，门悬蒲剑斩千邪。"香椿树叶有一种独特的气味，可以避瘟疫。雄黄是一种矿物质，成分是硫化砷，可以制农药，中医亦可入药，蚁虫蛇均惧之。因此夏天来临，万物躁动之时，农家人悬艾蒲、喷雄黄，以保安康，祈求福临是有一定象征意义的。

在我的家乡，端午节大人小孩都要穿上崭新的夏装，就像春节换上崭新的冬装一样，恰好以两个节庆置备冬夏装，那时的人家不像如今一人都有几套春夏秋冬装。端午节早晨起来，母亲就让我们穿上新衣服，记得我小时候都是白衬衫蓝短裤，那时候还没有塑料凉鞋，鞋还是母亲衲的布鞋，但出去玩就赤脚了。还有香囊，是用各色的丝线勾成的，里面放置樟脑丸，挂在胸前，也是避邪；也有用硬纸片折成粽子形，然后用丝线捆扎得五彩缤纷，也挂在胸前。记得还有到新娶媳妇的人家，让新娘在我们手腕上扎五色丝线，扎上了便不能随便扯断，得到农历七月七日七夕节时剪下，扎上炒熟的花生或黄豆，然后抛到瓦顶上给喜鹊叼到天上去搭鹊桥，让牛郎织女相会。这一习俗说是让孩子强记忆会聪慧，不知源于何处。

端午节最热闹的当然是中午了，俗说午时，也就是十一时至十三时之间，十二时为正时辰。时辰交上午时，父亲便拿上调制在杯中的雄黄酒，用手指沾上，在我们额头、胸部、手臂、两脚上涂抹出一块块浑黄，然后便含一小口一小口往墙角阴沟四处喷吐以驱虫避邪。忙完这些便开始吃端午饭，我们孩子这时的心思却全都在渡口的龙舟赛上了，草草扒几口饭便往外跑。

渡口的龙舟赛确实热闹，两岸挤满了大人小孩，全都穿着新衣裳。参赛的船是溪溜船，两头尖尖翘翘的，像一个剖开的橄榄核。每船坐十个人，两旁各四人，每人一把桨，船尾一人把舵，船头坐一人为指挥，手上横拿竹篙，所有的船上的男人都赤膊短裤，雄健的肌肉一块块隆起，仿佛是铁铸的。参赛的船有好几条，一条船代表邻近的一个村子。渡口的那艘方头渡船，这时不渡人了，作为总指挥部，船上坐着评判员，还摆放着锣鼓以及猪头猪尾，赢的人吃猪头，输的人吃猪尾。其实那时真正是友谊第一比赛第二，比赛结束后猪头猪尾一起煮成一锅，大家高兴地聚在一起吃喝。到了午时正，方头渡船上锣鼓响起，各条参赛的溪溜船便一字排开，摆开了阵势，船头的指挥横举竹篙，桨手紧握木桨，随着一声神铳响起，指挥大喝一声平抖竹篙，桨手同时发出嗬嗬声，八把桨齐刷刷地下水，船便像离弦的箭飞驰而去。这时两岸的人群沸腾了起来，欢呼声吆喝声响彻云天。

我们一般是爬到榕树上看，树里的孩子还可以光着屁股从榕树枝上往溪水里跳，然后过很久才在远处探出个黑脑袋，我是不敢的。

看完龙舟赛，端午节也就真正过去了，大人便开始夏天的忙碌，小孩便开始盼望七夕节。手上扎着的五色丝带时时让我想起那爆炒花生、黄豆、小麦的香气，口水便会流出来。其实丝线脏到不能看出颜色时，全都被我们扯断了。

我常想，现在背着书包从家里到学校，又从学校到家里的孩子，确实少了许多生活的味。我还深切地记得端午节十二时正竖鸡蛋，把一个生鸡蛋，大的一头向下，立在"三合土"地上，鸡蛋便不用手扶，自己会站立着，过了这一刻又会倒下。我至今仍不知道这是什么原因，想来大概与地球的引力有关。回忆起来，丰富的民间节日习俗确实带给我们童年许多生活的乐趣和书本以外的知识。

2006 年

三月三的乌米饭

家乡有一句俗话：三月三，去踏青。这就是说，到了农历三月初三，春天便真正来了，大地复苏，百草萌生，人们开始走向生机勃勃的大自然。

"三月三"留给我记忆最深的便是吃乌米饭。我有一个畲族的亲戚，叫雷连营，我们都叫他连营伯。说是亲戚，其实是与我父亲结义的兄弟。20世纪50年代后期我父亲在村里供销社工作，我村邻近山间有许多畲村，畲民经常挑木柴片下来卖，卖了柴便买上一斤盐、半斤煤油等生活用品。我父亲总会备些茶水给他们喝，分烟给他们抽，他们来了也会带些笋呀地瓜粉呀什么的给父亲，日子长了便有感情。

记得那一年春天，我放学回家，桌子上摆着盘黑乌乌的饭，我非常惊奇，怎么米会是黑的。母亲说这是乌米饭，是连营伯送来的。母亲加了糖又用油炒，吃起来香喷喷甜滋滋的，那天我吃了很多很多，一直记到现在。后来我一直以为连营伯的村子可以长黑米，这种黑米特别好吃。直到长大了，读到一本畲族风情的书，才知道这米是浸泡出来的。我便更加怀念花那么多功夫制作乌米饭送给我们吃的连营伯。制作乌米饭得到山上去采摘幼嫩的乌稔树叶，洗净晾干后放到石臼里捣烂，然后贮入布袋，扎住袋口放到铁锅里，加入适量的水，熬出紫黑色的汤汁来。汤熬成了便倒进精选的糯米，浸泡上一夜，然后捞起来放到木蒸笼里蒸熟。为了到"三月三"送我们，连营伯还要把这蒸熟的乌米饭摊开在竹匾上晾干。

三月三的乌米饭

有了连营伯这个亲戚，每到节日我便有许多在同村孩子面前炫耀的食物。春节来了，连营伯便给我们送糯米糍，别人的糯米糍是白色的，连营伯制作的却是黑色，他是加进炒熟的黑芝麻，在石臼里与蒸熟的糯米一起细细地捣成一体，因此吃起来特别香。端午节到了，家家都吃粽子，四角粽一点都不奇特，连营伯给我们送的却是长长的像玉米棒一样的菅叶粽。这种粽子含碱多，又有菅叶特殊的气味，吃起来又香又不腻，令村里的孩子直流口水跟在我后面跑。因此每到节日我们兄妹都盼着连营伯来，母亲也早早就准备好线面、红板糖等物品作为答谢。连营伯来了，便坐在厅堂，父亲便会提前下班回家一起聊话，母亲便开始准备午饭。连营伯会喝两口酒，与父亲边聊边喝，往往会吃很久，我们都玩去了，他们还在说话。吃完饭连营伯便回家了。

连营伯和父亲的友谊很深。20世纪70年代，我们兄妹四个都长大了，可是仍然只有祖父留下的两个房间，显然不够住了。父亲想在老屋外自留地上盖几间屋，当时盖房子是不允许的，许多人都是晚上偷偷地盖。父亲当时没什么钱，盖房子很困难，连营伯知道了，便对父亲说，你大胆盖吧，没钱我借给你。后来连营伯不但借给父亲钱，还搬来好几根木头。

其实连营伯并不富裕，我去过他家。有一年夏天，那时我大概七岁，连营伯说他村里有戏班来演戏，叫我去看，那时正是暑假，我在家里也玩闹得厉害，母亲便同意了。我同连营伯一起走得很高兴，可是走了一段路便开始爬山，我爬不动了。其实我们村到连营伯村还不到五华里，只是山路上坡不好走，连营伯便把我抱起来放到肩头上扛着走。连营伯的村子在一个山坳里，三面环山，村前一片平地。连营伯的房屋在村子的左边，四面土墙，上盖黑瓦，土墙顶上开两个小窗，因此屋里不亮；但门口有一个空坪，放着石臼、石凳，大家就坐在门口乘凉说话。见我来了，连营伯的孩子很高兴，他比我大一点，便领我到山上去采野果。现在回忆起来，这些野果味道真是好极了，有酸，有甜，还有说不出味的。到吃午饭时，连营伯

我肚子差不多饱了，全家都是吃地瓜米，唯独给我蒸了白米饭，连营伯的孩子不断往我碗里看，我正饱得吃不下，便分给了他，他很高兴。由于当时畲村都在山里，水田少，山地多，因此种的稻谷极少。现在想起来，连营伯他们特地留出水田种糯谷，制作乌米、糍粑、粽子送我们吃，那是多么深的情谊。特别是连营伯靠挑木柴片卖得一些钱，节约下来借给父亲盖房子更是不容易。

连营伯比父亲早几年去世。去年回家乡过春节，又吃到芝麻糍，母亲说那是连营伯的孩子送的。母亲说，连营伯孩子每到节日都会跟他父亲一样送来糍粑、粽子、乌米饭，现在他们家里生活比连营伯在世时好多了，也盖了新房子，连营伯的孙子也娶了媳妇。连营伯孙子的工作倒是母亲介绍的，他孙子会修车，从部队回来，母亲将他介绍到一个亲戚那里做帮手。由于他人踏实，又会吃苦，技术也好，现在也成了师傅，成了家。

今年母亲常有腰痛，自己一人在家乡我们不放心，便把她接到身边。前几天又是"三月三"，母亲便念叨，连营伯的孩子会送乌米饭下来，她不在家可就为难了。于是我想起连营伯，便写了这些文字，作为纪念。

2006 年

清 明 雨

　　清明是一个多雨的季节。清明雨总是飘飘洒洒犹犹豫豫的，你感觉雨还在下着，突然间又有了阳光，抬头看，太阳躲在云里，半遮半掩的，仿佛蒙着纱巾羞怯着。山是朦胧的，水是朦胧的，人便会怀念些什么。

　　家乡的清明时节，确实是一个念想先人的季节，家家户户都在准备扫墓祭墓。小时候，父亲在乡下的供销社工作，清明节是一定要赶回来的，赶回来给祖父扫墓。父亲说墓是祖父的房屋，一年一度一定得打扫干净。父亲一般是清明节前一天回来，他要置办祭墓的用品，买一串光饼，砍一刀肉，选几只目鱼干；还要买黄粗纸，让母亲撕成"三脚钱"。办完货，父亲便开始磨柴刀，修理锄头，准备一把崭新的竹扫把，有时还要向邻居的农家借棕衣。

　　清明节扫墓，父亲总是要带上我们兄弟几人。有一年清明节，雨纷纷扬扬地下，吃过早饭，雨还是不停歇。父亲便对我们说，下着雨你们就别去了。我们都坚持要去，父亲便显得很高兴。父亲拿了几张塑料纸，用绳子穿上，围着我们的脖子扎住，他自己则只戴一顶斗笠。父亲用锄头肩起放着祭品的簸箕，我们分别拿柴刀、扫把、土箕。祖父的坟墓就在老屋对面的山间，路不远，但有一段山路很难走，杂草丛生。父亲总是走在前头，给我们探路，用身子为我们挡去草叶上的雨水。到了墓地，也总是父亲爬到墓面高处砍杂草清坠土，我们则只在墓坪上拔草扫落叶，直到父亲退休后

还是这样。在父亲的眼中我们永远是孩子，累活重活繁杂活都是父亲包揽了。每年春节回家过年，父亲早就料理完一切，我们都像客人一样等着享用。记得我结婚时，父亲在家乡为我们举办仪式，我那时在一个山区县当教师，我是直到结婚日子的前一天才回到家里当"新郎官"。我的父亲，让我从小到大不知道什么叫操劳辛苦。每年清明节回家扫墓，我们也只是跟着父亲走。

但是，清明节父亲是一定要我们回家的。父亲说，万事孝为先，有了孝才会使家庭和睦，才会去做其他大事业。扫墓祭墓在父亲的心目中是很重要的，他领我们拔除祖父墓地的每一株杂草，扫除每一点积土，父亲说这是报孝。祭墓时父亲总是先把供品摆在土地公神位前，点香烛，烧元宝纸，嘱托土地公看好祖父的坟墓；然后再把供品放到祖父墓碑前，点上香烛，父亲这时便会对祖父说话，要祖父保佑儿孙平安，有出息。父亲出息的含义，不是要读许多书，而是要学一种谋生手段，学会做人。他常说"艺不富人，艺不穷人"，因此在没书读的年代，他就让我去学做衣服，学做篾。但是母亲与父亲的认识不同，母亲出生于大户人家，她是坚定地认同"没书不叫智，没田不叫富"的旧训。母亲不让我做手艺，要我去当民办教师，千方百计地让我与"书香"结缘。母亲认为人活着不能只为解决吃饭，应当体现一种生存的价值。也许母亲是对的，父亲总是顺从母亲，所以后来我便去当民办教师，恢复高考后便考上了大学。父亲的想法也不算不对，他希望子孙学一门技艺，有一口饭吃，在自己身边安安稳稳地过日子。父亲一辈子辛苦劳顿，只是希望自己是一把撑开的伞，永远庇护着我们。他借钱盖房子；他退休后还办面粉厂、营运竹片到东北。他希望能赚一些钱让拿工资的我们没有后顾之忧。父亲七十岁时我们不让他再忙碌了，但是父亲却无限地失落，便开始念叨死。父亲对死很坦然，总是说他死时一定不要拖累我们。父亲的心中唯有对儿孙的奉献，没有丝毫索取的念想。过了七十大寿，歇不住的父亲便开始选择自己的墓地，开始修建坟

清明雨

墓。父亲的墓距离祖父的坟墓不远。根据父亲的意思，我请石匠为父亲制作了两个半米高的青石花瓶，摆放在墓手的两旁。父亲很高兴，要我们每到清明扫墓时折几株山花插在花瓶里，这是我记忆中父亲对我们唯一的要求。

清明节总是多雨，今年清明节的雨特别密，密得使人感到不仅是思念，还有一份沉重。父亲建好自己的坟墓不久便去世了，也许父亲觉得他该做的事都为子女操劳好了，他该走了，于是很安然地阖上眼。父亲一走，我便被推到前头，我召集弟弟妹妹带着我们的孩子去给父亲扫墓。妹妹看着天说，这雨会停的，父亲不会让我们淋雨给他扫墓。果然早饭后雨小了，飘飘扬扬的。我如父亲一样挑着供品走在前头，也如父亲一样要大家拔除每一根杂草、扫除每一点积土。我们摆上供品先供土地公再供父亲，我们采折来红色杜鹃花、白色的棘荆花，插满了两个青石花瓶。我点燃了一支香烟摆放到父亲的供桌上，我对父亲说，每年清明节，我们都会来看你的。

叔叔和堂兄弟扫完祖父的墓从那边下山了。雨还在飘飘扬扬地下，四野朦朦胧胧的。在潇潇的清明雨中，我们知道父亲和祖父都没有走远，清明雨连接着天和地，也联系着他们和我们。

1996 年

村子里的戏迷

小时候祖父教我写繁体的"戏"，一边是"虛"字，一边是"戈"字，祖父说"虛"是假，"戈"是兵器，假刀假枪舞起来就是做戏。换作当今时髦的话，就是说戏台是一个虚拟的世界。村里有一句俗话"做戏的人疯，看戏的人痴"，演戏的人疯疯癫癫地假哭假笑，看戏的人却被骗得真哭真笑。虚拟世界会使人着迷，就如当今的网迷，从前也有戏迷。

曾有一个戏班到我村里演出，戏里一个花旦嗓子好，扮相好，身段也好，把我村里一个年轻人迷住了。为了看这花旦的戏，这年轻人跟戏班子走了十八村，谁也劝不回头，最后他父亲只得叫人拖着他看花旦卸装，结果这花旦已年近四十，而且脸上还有麻点，年轻人才醒了过来。我祖母和叔婆则是另一种着迷状，村里凡有演戏，她们场场不缺。那时戏班来，大部分是闽剧，就会有一个人敲着锣绕着村子的大街小巷叫一圈，报戏班名，报剧目名。一听到锣声，祖母就叫小叔拿上一条长板凳到宫里占位置。宫是五显宫，供奉五显大帝，菩萨前有一个大戏台，中间隔着个天井，两边有回廊，均不摆放凳子，唯有正殿的正中间是置凳的，它比天井大概会高上二尺，但要选到好位置须得尽早摆上凳子，然后再压上一块石头。摆凳总是我与小叔去，我负责搬石头，凳子一定要靠柱子，因为我叔婆看戏不久便要瞌睡，靠着柱子一下一下磕着头。为了让叔婆醒着，我祖母总会用小手帕包上腌的姜还有甜角糖。甜角糖用白糖熬制，多棱形，很耐吃，当然，其中也会有几个是属于我的。

天还没黑，我就领着祖母和叔婆往五显宫去，因为我认得凳子的位置，还有我年小不用戏票可以进场。为省钱，小叔和祖父都是等到戏快散场才去，村里的戏最后两场可以不花钱白看，叫作"拣戏剩"。祖母和叔婆走路都是颤颤的，她们从前裹脚，中华人民共和国成立后不再裹了，成了"半裹脚"，但走起路来还是像白鹭摇摇晃晃。我捏着两张戏票走在前面，那戏票只有大人的拇指大，是油印的，上面盖有一个红印。在络绎的人流中，我拿着两张戏票是很神气的，遇到相好的小伙伴，便可以叫过来，因为一个大人可以带一个小孩，没大人带小孩再矮小也不得进戏场。收门票的是一个"驼背"，很认真，一点情面都不讲，他收到票瞄一眼然后撕碎扔了，才让进人。人开始进场，戏班的后台也开始"闹台"，所谓"闹台"就是敲打锣鼓钹，敲打一阵歇一阵，一般闹台三次戏就开场了。坐凳子的都是老人妇女小孩，进场也早，站着看戏的男男女女要等到第三次闹台才蜂拥而进，但很有秩序，少有人推推搡搡。

所有人都期待着那幕拉开的一刻，伸长脖子等着。第一场戏总是最好看，通常有肩上插着旗的武士出来翻滚一阵，或者穿着漂亮的小姐扭着腰亮亮地唱几声，大家便鼓掌喊叫。第一场戏一过，我叔婆便靠到柱子上开始瞌睡，祖母便摇醒她，给她一个甜角糖，这时我也拿到一个含到嘴里便自己玩去。我同村里的孩子玩捉迷藏，躲到戏台下菩萨后或者人缝里，只要不碰到大人，我们怎么吵闹也不会有人管，因为大人们也都是一边看一边大声说笑。戏场里最安静的时候，是出现演乞丐的演员，乞丐通常是拿一根柱棍，脸抹得有些黑，一边唱得凄凄切切，一边泪水滂沱，这时观众便一边流泪一边往台上扔钱，有硬币也有纸币。在这大人的悲伤中，我们小孩是不敢闹了，我便跑到祖母那里讨糖吃，叔婆这时也醒了，跟祖母一起用手巾擦眼泪。有时也会有吵架看，那多是天井里高个子的站在前头，矮个子的站在后面，矮个的踮着脚尖从高个的脖子边往戏台看，而这高个

的脖子不安分地一会儿左一会儿右，矮个的便会气得骂高个是鹅脖子，于是吵了起来，结果有人发话说要吵出去吵，他们便愤愤地到戏台后边说理去，我们也兴奋地跟着他们出去。戏台后面的空坪也很热闹，那里有卖豆腐脑、甘蔗、花生以及麦芽糖、地瓜糖等，偶尔还有算命看相测字的。

戏过三场便开始出售"半票"，也就是原价一毛钱的戏票只卖五分，节省钱的人开始进场。我这时可以把一只鞋藏起来，赤着一只脚对"驼背"说我的鞋掉了一只要出去找找，"驼背"是会让我出去的。大门口外的坪地烧着枯枝杂草，许多等着看"戏剩"的男人围着火堆坐，人群中还有从十多里远的山村赶来的人，见我出来，便都很兴奋，争相问我里面演什么，其实我什么都没看，只记得第一场的肩上插旗的人，便告诉他们，他们便显得遗憾而无奈，祖父和叔叔有时也会在这堆人里，便帮我把鞋穿上。等到最后两场戏时，大门便全部敞开，门口的人蜂拥而进，只剩"驼背"慢慢地把火堆的火熄灭了。

这便是我记忆中的看村戏。现在想起来村里许多人都算是戏迷，没钱看戏拣"戏剩"，宁愿在门口坐上一两个小时；又如我祖母叔婆，平时节俭得买五分钱的纱线都要还价，却场场不漏地花一毛钱看戏。其实这些剧目，比如《五女拜寿》《孟丽君》《铡美案》等，村里人都看过几十遍，只是戏班不同而已。说实在的，当时很多民间闽剧团真是谈不上艺术质量，但村里人还是爱看，想来还是当时的农村太寂寞了，基本没有文化生活，终年辛苦单调劳作的人们渴望着那份真真假假的交流，渴望着那种热闹的欢乐。因此每有戏班来，村里便像过节一样。

2006 年

附录：摄影者及作品插页

摄影者及作品插页如下：

黄俊摄影作品　第 3 页、第 6 页、第 9 页、第 76 页、第 81 页、第 86 页、第 90 页、第 92 页、第 101 页、第 107 页、第 111 页、第 117 页、第 124 页、第 129 页

柳明格摄影作品　第 12 页、第 22 页、第 27 页、第 46 页、第 121 页

李明雄摄影作品　第 17 页、第 18 页、第 20 页、第 32 页、第 44 页

刘其才摄影作品　第 25 页

文学梦（原版后记）

记得有一个文学家说过：百分之九十的人在年轻时都做过文学的梦，而百分之九十做文学梦的青年最后都失落了梦。我也在年轻时开始做文学梦，但终于没有失落。究其原因，是因为文学的梦带给了我许多欢乐。

我读过不少创作谈，许多作家都谈到创作的含辛茹苦，很少谈到创作的欢欣。创作确实苦，但在这苦中我却尝到另一番乐趣。周宁城关海拔八百多米，冬天是很冷的，常在零摄氏度以下，我那时总是一杯酒一包烟，写至深更半夜，手僵了，脚也麻了；但是当写完最后一个字，一篇文稿结束时，那种兴奋感会让所有的寒冷变成无限温暖。到了第二天，把稿件慎重地投进邮筒后，便有了期望，有了等待。当时文稿都用钢笔抄正或用复写纸誊写，要花许多时间；不过，那时文学杂志编辑都对作者十分负责，不用的稿均有退回，并附上一张千篇一律的油印退稿信，我寄出的文稿经常是如此的回归。但是，有时也会收到热心编辑手写的退稿信，肯定优点，指出努力的方向，于是倍觉鼓舞，更充满信心地关进斗室努力。我总想，如果没有对文学的执着追求，我的八小时以外会是怎么个样子，我的生命将会缺少了怎样的色彩？

我的第一篇小说《虎岗季老头》，1981 年发表在宁德地区的文学刊物《采贝》上，编辑是素不相识的老作家曾毓秋老师。当接到采贝编辑部前往三都澳改稿的通知时，那份欣喜是别人难以理解的。作品发表时，正值我生日，几个文友雀跃而来，将二十七元稿费闹个精光，那份幸福感、陶醉感

人民文学出版社

北京朝内大街166号　电报挂号2192

洪峰同志：

"小河上的渔民"，读去了，以散文入小说，
情致悠远，富有流动的画面感，读来娓娓动听。
但笔下的人物却似有动作而无神魂，这
对一群吕人物为基本审美范畴的小说来讲，无疑
是一大缺欠。

作品时出使有毅道之艺术感染力，文笔也不错，
为果作演一系列去审视的"渔民"，会对你重新见识
小说——"有极处的"。你任毅意，以后再寄来一阅。

12.14

也是他人难以体味到的。

创作是一种乐趣，沉浸其间能体会到一种他人少有的充实和希冀。那时我们几个文学朋友朝夕相处，谁写出一篇作品，大家就围坐在他家，一斤红酒几粒花生一包香烟，主人念着，大家听着，然后各抒己见，探讨切磋，毫无顾忌，坦诚相见。那份真诚那份友情是如今很难寻得的。我留恋这段时光。还记得有一个晚上在一个文友家听音乐，听到《绿岛小夜曲》，我突然有了感觉。曲终后，我对朋友说：你等着，我有了一篇小说了。我跑回家写至凌晨两点，又敲响朋友的门。他果然还等着，我给他念我那还带着墨香的小说。他的眼睛本来小，又加上眯缝着似睡非睡，便似乎真的也陶醉进我的小说。然后我们修改，然后寄出，然后便充满期望地生活着。

人生那么短，可又那么长，长在于工作之余。八小时里大家为工作忙大致是相同的，工作之余可就各有各的不同。不同的人以不同的内容和形式拓展延伸自己的生命。我是让这业余时间去追逐文学的梦，我读书补充自己，我写稿传递自己。我感谢文学给了我一片净土，一片属于自己的天空，我可以思我所思，写我想写的。当然这执着的追求不能不感谢许多我相识和不相识的编辑不断鼓励，他们在众多稿件中选中我的作品，给予修改编辑变成铅字，没有他们的奉献和扶持，我是定然不会坚持到如今，也不会有这本集子。

散文小说集《山道·水道·天道》由海峡文艺出版社出版后，采贝编辑部要我写一篇感想，于是写了这些文字。最后我还想说的是，文学拓宽了我的生活之围，文学丰富了我的人生，我这一辈子肯定是与文学结下了不解之缘。我为此而自得而幸福。但愿文学永远是我的梦，梦是希冀，因此是美丽的。

1996 年 12 月

（原载于《采贝》1997 年第 1 期）

补记：

　　《文学梦》写于十年前，以之代后记是因为我依然如文中所说的那样对待文学对待生活，我依然让业余时间追逐欢乐在文学的梦里。

　　散文选集《流淌在我心中的月亮河》共选了三十三篇散文，为了反映我散文创作的整体性，其中三篇选自1995年出版的《山道·水道·天道》。近十年的散文创作中，我更多思考的是人的心灵环境和自然环境。人类生活条件越来越舒适进步，往往就越来越远离了自然，远离了诗意。因此更使我怀念那回响着牧歌的乡村童年，更使我追寻那笼着洁净月光的心灵和大自然。我呼唤从童年开始流淌在我心中的月亮河。这是我选编这本散文集子的初衷。

　　巴金老人说："我家乡的泥土，我祖国的土地，我永远同你们在一起。"我喝着家乡的井水长大，我枕着闽东的土地成长。我希望这本集子，能是源自美丽家乡的一串音符，因此特请闽东摄影家黄俊、柳明格、李民雄、夏念长、刘其才等提供一组表现家乡山水风情的照片作为插图。福建省评论家邱景华一直关注着我的文学创作，早在1990年素不相识时，他就对我的小说进行评论，并指点我如何向孙犁学习。此后常有交流。选编一本散文集，也是他两年前向我建议的，因此我请他作序。

　　这本书编辑出版，还得到许多关心我的朋友和同事的鼓励帮助支持，谨此表示衷心的感谢。

2006 年 7 月

文学梦

再版后记

2006 年，散文集《流淌在我心中的月亮河》出版，我在后记中说：我怀念那回响着牧歌的乡村童年，我追寻那笼着洁净月光的心灵和大自然。我呼唤从童年开始流淌在我心中的月亮河。这是我选编这本集子的初衷。非常感谢海峡文艺出版社，感谢林滨社长，十八年后让这条月亮河再次流淌起来。

坐在书桌前再次静静地翻读这本集子，多么庆幸生活中能相遇这些人、事、景、物，并能用文学的形式记述下来。突然想起曾经看过的电影《蒂凡尼的早餐》中，奥黛丽·赫本演唱的《月亮河》，还记得那旋律里有着绵绵的回忆、有着长长的憧憬……有意请朋友给我翻译《月亮河》的歌词，最后四句他翻译："我们在同一彩虹下/在那儿静候/我童年的朋友/还有月亮河，跟我。"很喜欢他译的这四句歌词，特记录在这里。

老朋友周安林一直关注我的创作，《流淌在我心中的月亮河》出版后，他即写了评论《桃花源里可耕田》。感觉"桃花源里可耕田"很切合我这本散文集的文境，经他同意，作为新版的代序。再次感谢为原版作序的老朋友邱景华，再次感谢为散文集提供插图的文友黄俊、柳明格、李明雄、夏念长、刘其才等，和原版封面、内页设计的陈丽娜、林美花、张沂、黄劲松等，以及对当年出版帮助支持的朋友和亲人。

2024 年 5 月 17 日